과일과 한시 이야기

과일과 한시 이야기

조영임 지음

종이와
나무

사람들이,

어떻게 이런 책을 낼 생각을 했느냐고 물었다. 사실, 어떤 거창한 이유가 있었던 것은 아니다. 과일을 먹다가 문득, '아, 옛날에도 이런 과일이 있었을까?', '옛날 선비들은 이런 맛있는 과일을 먹으면서 무슨 생각을 했을까?'라는 호기심이 생겼다. 그래서 자료를 찾아서 정리하다 보니 이렇게 한 권의 책이 된 것뿐이다. '사람이 책을 만드는 것이 아니라, 책이 사람을 만든다'는 멋진 말이 내게도 해당한다. 옛 자료를 찾아서 정리하고 사색하는 과정이 내겐 큰 공부가 되었다. 과일과 한시를 씨줄 날줄 삼아 과거와 현재를 이어보았다. 그랬더니 놀랍게도 현재 속에 과거가 그대로 살아 있음을 알았다. 날마다 먹는 과일에 역사와 문화가 담겨 있었다. 옛 선비들의 사색의 결을 더듬어 보는 소중하고 행복한 시간이었다. 독자들도 내가 느낀 행복을 함께했으면 한다. 여기 실려 있는 대부분의 글은 월간 〈우리시〉에 게재된 것들이다. 대단찮은 원고에 지면을 허락해준 〈우리시〉에 뒤늦게나마 고마움을 전한다. 아울러 선뜻 출간을 허락해 준 경인문화사 한정희 대표께도 감사의 인사를 드린다.

2018. 12.
저자 조영임

일러두기

1. 이 책은 편의상 봄, 여름, 가을, 겨울이라고 나눴을 뿐이니 지나치게 구애되지 말았으면 한다.
   지금은 계절을 넘나드는 과일이 많기 때문이다.

2. 본문에 인용한 한시 원문은 〈한국고전번역원〉의 자료를 활용하였으며, 번역도 일부 참고하였음
   을 밝힌다.

3. 인용한 한시의 원문에 별도로 한글로 음을 달았으며, 출처를 밝혀 놓았다.

차 례

책을 내며
일러두기

봄

양귀비가 좋아한 여지 • 13

사계절의 기운을 가진 비파 • 20

오얏과 자두, 동종의 과일인가 • 26

산딸기 같은 양매 • 32

단오절에 맛보는 붉은 앵두 • 37

용의 눈알을 닮은 용안 • 43

그대 매실이 되어 주오 • 47

입안에 살살 녹는 하미과 • 54

여름

허기를 달래주었던 오디 • 63

살구꽃 핀 마을이 어드메요? • 70

불로장생의 선과, 복숭아 • 79

양기를 돕게 하는 복분자 • 86

숙취에 좋은 포도 • 93

갈증 해소에 탁월한 수박 • 102

아삭아삭하고 달콤한 참외 • 110

무화과는 정말 꽃이 없을까? • 117

야자주 한잔 하실까요? • 125

가을

으름은 한국 바나나 • 139

다래는 토종 키위 • 145

꽈리 불어봤나요? • 151

소화에 좋은 산사자 • 157

미인은 석류를 좋아한다? • 162

장수의 과실, 대추 • 168

씹을수록 단맛이 나는 사탕수수 • 175

사랑을 고백하며 던진 연밥 • 182

조선 시대에는 사과보다 능금이 많았다? • 189

제사에 빠지지 않는 밤 • 198

개암이 헤이즐넛이라고요? • 207

겨울

나의 시(詩)는 모과 • 219

감기에는 배, 갈증 해소에도 배 • 226

효자 가슴에 품은 감귤 • 232

일곱 가지 미덕을 지닌 감 • 239

한겨울의 별미 고욤 • 246

색, 향, 맛이 아름다운 유자 • 253

봄

매화 다 떨어지자
살구꽃 피고
가랑비 내린 처마 밑엔
봄기운 깊어간다

梅花落盡杏花發, 매화락진행화발
微雨一簷春意深, 미우일첨춘의심

유거 (幽居) _백광훈(白光勳)

\# 봄

양귀비가 좋아한 여지

　여지(荔枝)라는 과일은 중국어로 릿츠[lìzhī]라고 읽는다. 중국의 남방에서는 '과일 중의 왕'이라 불린다. 거북이 등처럼 도돌도돌 돌기가 난 빨간 껍질을 벗기면 우유빛의 과육과 맑은 즙이 줄줄 흐른다. 씨는 꼭 개암처럼 검고 단단하다. 순진한 시골 총각 같은 멀건 맛이 아니라, 약간 달착지근하면서도 신맛이 감돈다. 과육을 먹고 나면 상큼하고 깔끔한 뒷맛에 행복감이 절로 밀려든다.

　여지는 사전에 "무환자과(無患子科)에 속하는 상록교목. 우상복엽(羽狀複葉)이고 열매는 용안(龍眼)의 열매 비슷하며 식용함."이라고 되어 있다. '이지(離枝)', '단려(丹荔)'라는 다른 이름도 있다. 여지의 나무는 키가 5~6장(丈) 정도 되고, 계수나무처럼 크고 푸른 나뭇잎이 겨울과 여름에 울창하다. 나뭇가지는 유약하여 그 가지에 단단하게 달라붙어 있는 과실을 별도로 떼어내기가 어렵다. 그래서 보통 나뭇가지에 붙어있는 빨간 여지를 통째로 판매한다. 중국의 남부 지방에는 집집마다 여지나무가 있었다고 한다. 한유(韓愈)의 "여지는 빨갛고 바나나는 노란데, 고기와 채소 곁들여 자사의 사당에 올리네.(荔子丹兮蕉黃, 雜肴蔬兮進侯堂. 여자단혜초황, 잡효소혜진후당)"라는 글을 보면, 남방에서는 당시 제수(祭需)로 썼던 것으로 보인다.

여지에 관하여 저술한 전문 서적이 여러 권 있다. 송나라 채양(蔡襄)이 복건산의 여지에 대하여 찬한 『여지보(荔枝譜)』와 청나라 진정(陳鼎)이 찬한 『여보(荔譜)』 같은 저술들이 여기에 해당한다. 이는 여지가 식용으로나 약용으로나 중요하게 인식되었음을 입증하는 것이라 할 수 있다. 여지에는 비타민C, 단백질, 레몬산, 철 등의 영양소가 듬뿍 들어 있어서 사람의 피부를 아름답게 해 준다. 그러니까 여지는 미용에도 상당히 도움이 되는 과실이다.

여지는 예로부터 중국의 남방 지역에서 많이 생산되었는데, 한나라 때부터 공물로 바치게 하였다. 여지는 가지에서 따서 하루만 되면 향내가 변하고, 이틀이 되면 빛깔이 변하고, 사흘이 되면 그 맛이 변한다고 한다. 한 대(漢代) 이후 공물로 바치기 위해, 먼 남방에서 장안(長安)까지 역마를 쏜살같이 달리고 달려야 했다. 신선한 여지를 가져오게 하느라 수많은 백성들을 괴롭히고 희생시켰다. 후한(後漢) 화제(和帝) 때 여남(汝南)의 당강(唐羌)이 상소하기를, "남쪽 지방에는 악충과 맹수가

도처에 가득하여, 여지를 따서 운반하느라 백성들이 죽는 경우가 허다합니다. 이 물건을 대궐에 올린다고 하여, 반드시 장수하는 것은 아닙니다."라고 했다. 그 폐해가 얼마나 심했으면 이런 상소가 올라갔을까. 화제는 그 상소를 보고 여지를 공물로 바치는 일을 중지하라는 명령을 내렸다고 한다. 『후한서(後漢書)』에 보이는 내용이다.

여지하면 아무래도 '양귀비'가 떠오른다. 당 현종의 비 양귀비가 여지를 무척 좋아했다는 것은 잘 알려진 사실이다. 아마도 양귀비가 비타민이 풍부한 여지를 좋아하였기 때문에 탄력 있는 피부와 미끈한 미모를 유지하지 않았을까 싶다. 당시 백성들은 양귀비에게 싱싱한 여지를 바치기 위해 여지의 주산지인 복건(福建), 광동(廣東) 등지에서 장안에 이르는 수천 리 길을 파발마로 달려야 했다. 조금이라도 시각을 지체하면 여지의 싱싱한 맛을 잃게 되기 때문에 연도(沿道)에는 역마가 늘 대기하고 있었다. 만당 때의 시인 두목(杜牧)의 시에 "말발굽에 이는 티끌 양귀비가 좋아하였으니, 여지가 올라오는 줄 아는 사람은 없으리.(一騎紅塵妃子笑, 無人知是荔枝來. 일기홍진비자소, 무인지시여지래.)"라고 한 것도 당시의 풍정을 잘 대변해 주고 있다.

당나라 두보(杜甫) 역시 여지를 소재로 한 시를 지었다. 시제가 「번민을 풀며(解悶 해민)」이다.

선제의 귀비는 이제 없는데
여지는 또다시 장안으로 들어오누나.

남방에서 매양 앵두에 이어 바쳐왔으니

임금은 응당 동그란 이슬을 슬퍼했으리.

先帝貴妃今寂寞, 荔枝還復入長安.   선제귀비금적막, 여지환부입장안.

炎方每續朱櫻獻, 玉座應悲白露團.   염방매속주앵헌, 옥좌응비백로단.

　　잘 알다시피, 양귀비는 27세에 당 현종의 귀비로 책봉되면서 온갖
부귀영화를 누렸다. 현종의 총애를 한 몸에 받으면서 자신의 세 자
매는 한국(韓國)·괵국(虢國)·진국부인(秦國夫人)에 봉해졌고, 육촌 오빠인
양소(楊釗)는 품행이 방정하지 못한 인물이었음에도 현종에게서 국충
(國忠)이라는 이름까지 하사받았다. 그러나 '화무십일홍 권불십년(花無
十日紅, 權不十年)'이란 말이 있듯이 양귀비의 권세는 그리 오래가지 못하
고, 결국 안록산의 난 때 비극적인 죽음을 맞이하고 말았다. 양귀비가
죽고 난 후 현종은 그녀만을 그리워하며 여생을 지냈다고 한다. 두보
의 위 시는 남방의 과실인 여지를 생전에 좋아했던 양귀비가 죽은 뒤
로, 당 현종이 여지를 볼 때마다 그녀를 생각하며 슬퍼했을 정상을 읊
은 것이다.

　　여지는 중국의 남방에서 나는 과실이라 우리나라 사람 중에 여지
를 맛본 사람은 많지 않았던 듯하다. 다만, 고려 시대 이규보(李奎報,
1168~1241)의 시에 여지를 소재로 한 것이 보인다.

젖빛에 얼음 같은 과즙 아직도 신선하니

성화같은 역마 풍진을 일으키며

삼천 리를 지척같이 달려왔기에

미인 얼굴에 화사한 웃음 더하였네.

玉乳氷漿味尚新, 星飛馹騎走風塵.　옥유빙장미상신, 성비일기주풍진.

却因咫尺三千里, 添得紅顔一笑春.　각인지척삼천리, 첨득홍안일소춘.

「여지(荔枝)」『동국이상국집(東國李相國文集)』

　위의 시에서도, 양귀비가 시원한 여지 맛을 볼 수 있는 것은 삼천 리 머나먼 길을 성화 같이 달려왔기 때문에 가능하였다고 말한다. 여지를 양귀비만이 좋아하였던 것은 아닐 것이나 여지를 노래한 거의 모든 시에는 이처럼 '여지는 양귀비가 좋아하였던 과일'로 표현되어 있다. 그러나 위의 시만으로는 이규보가 여지의 맛을 보았다고는 장담할 수 없을 듯하다. 시의 표현이 다분히 관념적이기 때문이다.

　조선 시대 서거정(徐居正, 1420~1488)의 시에는 다음과 같이 묘사되어 있다.

주름진 열매 막 터지자 씨는 황금 같고

흰 타락에 얼음 같은 음료 깊은 맛이 일품이네.

소로는 민촉의 거리를 알지도 못하면서

어찌하여 너를 위해 한 번 길이 읊었던고.

皺縫初綻子如金, 雪酪氷漿一味深. 　추봉초탄자여금, 설락빙장일미심.

蘇老不知閩蜀去, 何曾爲汝一長吟. 　소로부지민촉거, 하증위여일장음.

「여지(荔枝)」『사가집(四佳集)』

　위의 시 1, 2구는 여지의 모양, 맛에 대해 읊고 있다. 3, 4구의 '소로'
는 소식(蘇軾)을 가리키고, '민촉(閩蜀)'은 중국의 민중(閩中)과 촉(蜀) 지
방을 합칭한 말이다. 당 현종이 양귀비를 위해 먼 곳으로부터 여지를
자주 바쳐 오게 하여 백성들의 고통이 매우 컸다. 일찍이 소식은 이런
폐단을 탄식하는 뜻에서 「여지탄(荔枝歎)」이란 시를 읊었다. 그 시에 특
히 교주(交州)와 부주(涪州)를 언급하였는데, 이 지방은 둘 다 남해 지
방만큼 멀지는 않기 때문에 한 말이다. 역시 위의 시에서도 여지를 통
해 양귀비를 연상하고 있음을 알 수 있다. 소동파가 「여지탄(荔枝歎)」을
읊었지만 실제 소동파도 여지를 무척 좋아하였다. 소동파는 "하루에
삼 백 개의 여지를 먹을 수 있다면, 벼슬을 사양하고 영남사람이 되겠
다.(日啖荔枝三百顆, 不辭長作岭南人. 일담여지삼백과, 불사장작영남인.)"라고까지 하
였다. 영남(岭南)은 광동성, 광서성 일대의 남방 지역을 가리킨다. 옛적
남방은 중국의 문명화된 세계에 속하지 않은 미개하고 낙후된 지역으
로 간주되었던 곳이다. 하루에 삼 백 개의 여지를 어떻게 먹을 수 있을
까마는, 그만큼 여지를 좋아하였다는 뜻이다.

　연산군 때에는 중국으로 가는 사신에게 여지를 사 가지고 오라는
전교를 내린 기록이 보이며, 또 임금께서 여지를 신하들에게 하사하고

칠언율시를 지어 올리라고 한 기록도 보인다.

조선 시대 김창업(金昌業, 1658~1722)은 1712년 사신이 되어 연경에 갔다가 여지를 처음 맛보았다. 그때 "껍질은 반쯤 말랐으나 아직도 붉은 색이 있고, 안은 희기가 옥과 같은 것이 씨를 몇 겹이나 둘러싸고 있었다. 껍질과 살 사이에 물이 가득히 찼는데 단맛이 꿀과 같았다."고 하면서 "1월에 먹는 여지 맛이 이처럼 좋은데, 만일 제철에 나무 밑에서 금방 따먹는다면 그 맛이 얼마나 기가 막힐까"라고 감탄하였다. 홍대용(洪大容, 1731~1783)의 담헌서(湛軒書)에도 '우리나라에서 진귀하게 여기는 과일 중의 하나가 여지'라고 하였다.

'과일 중의 왕'이라는 여지의 감칠맛 나는 맛도 추천할 만하거니와 역사 속 비운의 여인인 양귀비가 특히 좋아하였다고 하니, 여지 맛을 통해 역사를 반추함도 나쁘지 않을 듯하다.

사계절의 기운을 가진 **비파**

4월

계림에는 요즈음 '비파(枇杷)'라는 노오란 과일이 시장에 보이기 시작한다. 아마도 조금 더 지나면 비파가 마트, 재래시장, 외곽 지역의 노상을 완전히 점령할 것이다. 비파를 검색해 보니 〈완도는 신비의 황금과일 비파 수확 중〉이라는 기사 제목이 보인다. 우리나라에서도 제주도뿐 아니라 완도 같은 남부 지방에서 비파가 재배되고 있는 모양이다. 충청도가 고향인 필자는 이곳에서 처음 비파를 맛보았다. 노랗고 얇은 껍질을 조심스레 벗겨내면 우윳빛 과육이 보인다. 향이 있다. 즙이 많고 달달, 시큼, 새콤하다. 겉모양은 살구와도 흡사하다. 과육 속에는 감씨보다 통통한 까만 씨가 조롱조롱 박혀 있다.

비파나무는 일명 '노귤(盧橘)', '금환(金丸)', '노지(盧枝)' 등의 이름으로 불린다. 그 생김새는 둥글면서 약간 길쭉한데, 악기인 비파(琵琶)와 비슷하다고 하여 '비파'란 명칭이 생겼다고 한다. 또한 비파나무가 있는 가정에는 아픈 사람이 없다고 해서 '무환자(無患子)나무'라는 이칭이 있다. 중국 청나라 장로(張璐)가 편찬한 『본경봉원(本經逢原)』에는 "잘 익은 것을 쓰면 갈증을 멎게 하고 기를 내리고 오장을 윤택하게 하는 효능이 있다."라고 소개하고 있다. 비파나무의 잎은 약재의 일종으로 활용되고 있다.

비파나무가 지금은 제주도, 완도 등에서 재배되고 있지만, 조선 시대에는 맛보기 드문 매우 귀한 과일이었다. 선인들의 문집을 보아도 비파에 관한 기록은 거의 보이지 않는다. 여말선초에 활동했던 이직(李稷, 1362~1431)이 남긴 비파시가 있어 소개해 본다.

얽힌 가지에 아름다운 실과가 많이도 달렸구나
따 와서 소반 위에 금구슬처럼 쌓았네.
여보시오, 주머니에 가득 담아 가는 것 이상하게 여기지 마소
고향 산에 심어놓고 늘그막에 바라보려 함이니.
嘉果纏枝萬顆團, 摘來盤上累金丸.　가과전지만과단, 적래반상루금환.
傍人莫怪囊盛去, 種向鄉山晚歲看.　방인막괴낭성거, 종향향산만세간.

「비파(枇杷)」『형재시집(亨齋詩集)』

이직은 자가 우정(虞庭)이고 호는 형재(亨齋)이다. 이성계를 도운 공으로 성산군에 봉해졌다. 삼사좌사·의정부지사, 이조판서, 영흥부윤, 영의정, 좌의정 등을 역임한 바 있다. 그는 태조 2년인 1393년과 태종

1년인 1401년에 사은사로 명나라에 두 차례 다녀왔으며, 그 후 1414년 우의정에 올라 진하사(進賀使)로 명나라에 다녀온 바 있다. 위의 시가 언제 쓰였는지 정확히 알 수 없지만, 아마도 사행길에 쓴 것으로 보인다. 그때 이국땅에서 맛본 비파를 이와 같이 읊은 것이다. "여보시오. 나뭇가지에 다복하게 달린 이 노란 구슬 같은 것이 비파라 했소? 참으로 신기하구료. 이 과일은 우리나라에는 볼 수 없는 것이라오. 주머니에 넣어 가지고 갔다가 조선 땅 내 고향에 심어놓고 늙어서 보고 싶구려. 그러니 나를 이상하게 생각 마오." 그 당시에는 농산물, 종자 등과 같은 것에 대한 엄격한 수입 규제가 없었으니 국내로 반입하는 것이야 가능했겠지만, 그렇다 하더라도 조선 땅에 비파가 자랄 수 있는 생태조건이 갖추어지지는 않았을 것으로 보인다.

조선 시대에 비파를 맛볼 수 있는 경우는 중국으로 사신을 가는 경우 외에 일본으로 사신을 갔을 때도 가능했다. 1643년 일본 사행시에 기록한 『계미동사일기(癸未東槎日記)』에는 "저녁에 도주(島主)는 술과 안주, 그리고 비파를 보내왔다. 비파는 이 섬에서 나는 것이라고 했다."라고 짤막하게 기술되어 있다. 같은 때에 사행 간 조경(趙絅, 1586~1669)이 엮은 『동사록(東槎錄)』에는 다음의 시가 기록되어 있다. 시제가 「비파편(枇杷篇)」이다.

일찍이 「촉도부」를 읽어 보니
능금과 비파가 있는데

능금은 기이한 과일 아니라

복숭아나 오얏과 다를 것이 없으나

비파란 무슨 물건인지 몰라서

식견이 좁은 것을 탄식했더니

이제 해외에 오니

마침 비파가 익을 때라.

도주가 한 바구니를 선사하기로

보니 동그랗기는 용안 같고

차고 달기는 연근보다 낫고

탁 터지기는 포도보다 더한데

깨물어 보니 입에 침이 절로 나고

목구멍을 넘기니 가슴이 후련하다.

嘗讀蜀都賦, 林檎與枇杷.	상독촉도부, 임금여비파.
林檎非異果, 桃李無等差.	임금비이과, 도리무등차.
枇杷是何物, 坐井良可嗟.	비파시하물, 좌정량가차.
今來海外國, 正值枇杷熟.	금래해외국, 정치비파숙.
島主餉一籠, 均圓似龍目.	도주향일롱, 균원사룡목.
冷甘井蓮避, 皾發蒲萄僕.	냉감정연피, 하발포도복.
經齒口生津, 下咽胸自澹.	경치구생진, 하인흉자담.

(이하 생략)

「비파편(枇杷篇)」 『동사록(東槎錄)』

조경은 조선후기의 문신으로, 자는 일장(日章), 호는 용주(龍洲)·주봉(柱峯)이다. 그는 형조좌랑·목천현감·형조참의·대사간·대제학, 이조·형조의 판서 등을 역임한 바 있다. 1643년 통신부사로 일본에 다녀온 적이 있는데, 위의 글은 그때 작성한 것이다. 시인은 비파란 과일의 이름을 진(晉)나라 때 좌사(左思)가 쓴 「촉도부」에서 처음 접하였다. 거기에는 능금과 비파가 나오는데, 능금은 복숭아나 오얏처럼 흔하디흔하게 볼 수 있는 그런 과일이지만 비파는 여태 본 적이 없어서 어떤 과일인지 모른다고 한다. 그러다가 바다 건너 일본 땅에서 처음 맛본 것이다. 비파를 맛본 소감은 이렇다. 생긴 것은 용안처럼 둥그렇고, 맛은 연근보다 달달하다. 껍질을 벗겨 과육을 깨물어보니 포도보다 새콤달콤하다. 즙이 많아 입안 가득 군침이 돌고, 삼키니 가슴속이 후련해진다. 위의 시는 비파를 비교적 자세하게 기술한 유일한 시편이 아닌가 싶다.

그 뒤 영조 24년(1748)에 일본에 다녀온 종사관 조명채(曹命采, 1700~1764)가 그때의 견문을 기록한 『봉사일본시문견록(奉使日本時聞見錄)』에는 "비파라는 나무 열매를 얻어 보았는데, 그 모양은 능금이 한창 누렇게 익은 것 같고, 달고 부드러워서 목을 적시기에 알맞다. 그 씨는 두 쪽 또는 통으로 하나로 되어 있어 개암과 같은데, 뱀에게 물린 곳에 찧어 붙이면 효험을 본다 한다."라고 기술되어 있다. 또한 조선 말기 고종 13년(1876)에 수신사로 일본에 갔다 온 김기수(金綺秀, 1832~?)가 쓴 일본 견문록인 『일동기유(日東記游)』에는 "비파는 우리나라에서는 볼 수가 없으니 대개 겨울에 꽃이 피고 여름에 열매가 맺히며, 품질이 연하여 먼 곳에는 가져갈 수가 없다. 빛깔은 약간 누르고 맛은 달고 향기가 나서 입에 들어가매 아주 시원하였다. 한 가지에 여러 꼭지가 달려서 산앵두나무와 같다."라고 적혀 있다. 위의 두 책에서는 모두 일본 땅에서 처음 맛본 비파의 생김새와 그 맛에 대해 기술하였다.

예로부터 비파는 진귀한 과일로 여겨졌다. 중국의 남방이나 일본 땅에서만 맛볼 수 있다는 희귀성 때문만이 아니라 그것이 지닌 독특한 생태적 특징에 연유하기도 한다. 즉, 비파는 가을에 꽃봉오리가 맺히고, 겨울에 꽃이 피며, 봄에 열매가 열리고, 여름에 익는 특이한 생태를 지녔다. 그래서 다른 과일과는 달리 비파는 네 계절의 성질을 모두 간직하고 있다. 봄의 온화함, 여름의 뜨거움, 가을의 서늘함, 겨울의 차가움. 그래서 그러한지, 비파는 동양화에 자주 등장하는 단골 소재이다. 비파화에는 사계절의 기운을 고루 간직한 비파처럼 건강하기를 바라는 소망이 담겨 있다.

사계절의 기운을 잊고 사는 현대인, 비파 맛을 통해 사계절의 고른 기혈을 흡수해봄도 좋을 듯하다.

오얏과 자두, 동종의 과일인가

5월 중순

시장에 '오얏'이 나오기 시작한다. 초록 구슬같이 자그마한 열매가 시간이 지나면서 붉게 혹은 노랗게 익어가고 있다. 사전을 찾아보면, '오얏은 자두의 옛말'이라고 되어 있다. 그리고 되도록 표준어인 '자두'를 쓸 것을 권하고 있다. 어린 시절 지금의 자두라고 부르는 '오얏'을 먹고 자랐다. 오얏은 작으면서 몹시 시큼한 맛으로, 자두는 모양도 좀 더 크고 맛도 더 달달한 것으로 기억된다. 어쩐지 오얏은 소박하고 수수해 보이는데, 자두는 그보다 세련되고 도시적인 느낌이 강하다. 그래서 필자는 오얏과 자두는 분명히 같은 종류의 과일이 아니라고 생각하고 싶다. 자두가 자도(紫桃)에서 나온 것이라면, 자두와 오얏은 같은 종이 아닐 가능성이 높다. 허균이 저술한 『성소부부고』에는 "자도(紫桃)는 삼척과 울진에서 많이 나는데 주먹만큼이나 크고 물기가 많다"라고 되어 있고 "오얏(綠李)은 서울에서 많이 나는데 서교(西郊)에서 나는 것이 가장 좋다."라고 되어 있으니, 조선 시대만 해도 둘은 분명히 다른 과일이었다.

여기서 기술하는 것은 자두가 아니라 '오얏'이다. 한자로는 '이자(李子)'이다. 오얏나무는 원산지가 중국이다. 중국에서는 '이자' 외에 '가경자(嘉慶子)', '포림(布霖)', '옥황리(玉皇李)', '산리자(山李子)'라고 부르기도 한다.

오얏은 『시경』에 나오는 과일이니, 그 역사가 오래되었다. 오래된 역사만큼이나 관련된 일화도 풍부한 편이다. 우선, 오얏의 리(李)는 성씨로 쓰이니, 도덕경을 쓴 노자의 성씨가 리(李)다. 노자의 아버지는 시골의 가난한 백성으로, 어려서부터 부잣집에 품을 팔면서 나이 칠십이 넘도록 아내가 없었다. 그 어머니 역시 시골의 어리석은 여자로 나이가 마흔이 넘도록 남편이 없다가, 어느 날 이들은 우연히 산중에서 만나 야합하였다. 천지의 영기를 받아 아이를 잉태하였으나 80개월이 되어도 출산하지 않았다. 이에 주인이 불길하다고 여겨 집에서 내쫓았다. 그녀는 하는 수 없이 들판의 큰 오얏나무 밑을 헤매다가 머리터럭이 하얀 아들 하나를 낳았다. 그녀는 남편의 성이 무엇인지 알지 못하였기에 오얏나무를 가리켜 그의 성을 삼았다. 그리고 그의 귀가 크다고 하여 이름을 이(耳)라 하였다. 노자의 이름이 이이(李耳)가 된 것이다. 세상 사람들은 그의 머리털이 하얀 것을 보고 '노자'라 불렀다. 이렇게 하여 도가의 시조격인 노자가 탄생된 것이다.

또한 오얏과 관련하여 문학에서 자주 거론되는 고사가 있다. 중국 진(晉)나라에 죽림칠현이 있었다. 죽림칠현의 멤버는 혜강·완적·완함·산도·상수·유령·왕융 등 일곱 사람이다. 이들은 노자와 장자의 풍모를 지니면서 시류에 영합하지 않고 청담을 즐기던 무리이다. 이 중에서 왕융은 뒤늦게 이 모임에 합류하였는데, 사람됨이 재물을 좋아하였고 좋은 오얏의 종자를 팔아서 돈을 모았다. 그는 항상 남이 그 오얏 종자를 얻어 심을까 염려하여 오얏을 먹고는 구멍을 뚫고 버려서 심을 수 없게 했다. 옛 시인의 시집에 찬핵(鑽核), 즉 '씨앗에 구멍을 뚫다'는 시구가 많이 보이는데 바로 왕융의 고사에서 가져온 것이다.

이제 오얏과 관련된 시를 소개해 본다. 고려 시대에 활동했던 이규보(李奎報, 1168~1241)는 다음의 시를 남겼다.

옥덩이만한 붉은 오얏 소반에 가득한데
하나 먹으니 벌써 싫증 나네.
그건 바로, 갓 똑바로 쓰라는 혐의 꺼리고
씨를 뚫던 이야기 생각나서라네.
殷玉爛盈盤, 一呑已可厭. 은옥란영반, 일탄이가염.
猶忌整冠嫌, 敢懷鑽核念. 유기정관혐, 감회찬핵념.

「붉은 오얏을 먹다(食朱李 식주리)」『동국이상국집(東國李相國文集)』

시인은 붉게 잘 익은 오얏 하나를 먹고는 이내 싫증이 나서 더는 못

먹겠다고 한다. 왜일까? 셋째 구는 익히 알고 있는 '오얏나무 아래에
서는 갓끈을 고쳐 매지 않는다.(李下不正冠 이하부정관)'는 뜻을 가져다 쓴
것이다. 넷째 구는 왕융의 고사를 끌어다 썼다. 왕융은 오얏에 구멍을
내었던, 그 인물됨이 참으로 불인(不仁)한 사람이었다. 그런 왕융을 생
각하자니, 오얏이 더 먹고 싶지 않은 게다. 속된 말로 '입맛 없게'하는
인물이 연상되어서이다. 이규보다운 표현이다. 이규보는 이외에도 오
얏에 관한 시를 더 남겼다. "유월 십이일에, 나는 처음으로 붉은 오얏
을 먹었네.(月六日十二, 我始食朱李. 월육일십이, 아시식주리.)"로 시작하는 시가 있
는가 하면, "늙은 이빨이 도리어 신 것을 좋아하니, 이 또한 병이 원인
이라.(老齒反嗜酸, 是亦病所自. 노치반기산, 시역병소자.)"라는 시구도 있다.

　　조선 시대 점필재 김종직(金宗直, 1431~1492)이 남긴 「이 녹사가 또 오
얏 열매를 보내주어서」라는 시가 있다.

> 달고 싱싱하니, 참으로 그대 집 과실이라
> 봉한 물건 하나하나 손수 살펴보며
> 병중에 실컷 먹고 좋은 맛 감탄하면서
> 다시 애들에게 얼음 쟁반에 둘러앉아 먹게 하네.
> 甘鮮眞是君家果,　手把題封箇箇看.　감선진시군가과, 수파제봉개개간.
> 病裏飽嘗嘉慶味,　更教童稚繞氷盤.　병리포상가경미, 갱교동치요빙반.
>
> 　　　　「이녹사가 또 오얏을 보내주어서(李錄事又以李實爲餉 이녹사우이이실위향)」
>
> 　　　　　　　　　　　　　　『점필재집(佔畢齋集)』

앞의 시를 이렇게 다시 읊어본다. "아, 이 녹사가 내 몸이 아프다고 오얏을 보냈구먼. 어디 보자. 허허! 그것 참 싱싱하게도 생겼네. 역시 이 녹사네 집 오얏 맛은 알아주어야 한다니까. 달달하고 맛있네그려. 이거 먹고 나니 병이 싹 나은 것 같이 개운하네그려. 이 녹사, 고마우이! 얘들아, 너희들도 요놈 좀 먹어 보거라." 참고로 녹사는 조선 시대 하위 관직을 말한다. 시가 평이하면서도 그 정경을 여실히 드러낸 듯하다.

오얏은 달달하고 새콤한 열매로 옛적 선인들이 즐겨 먹었다면, 오얏꽃 역시 봄철 감상하기 좋은 꽃이었다. 일찍이 중국의 대문장가 한유(韓愈)가 "늘씬한 미인들 향기 풍기며 네 줄로 늘어서서, 흰 치마에 흰 수건을 똑같이 둘렀네.(長姬香御四羅列, 縞裙練帨無等差. 장희향어사나열, 호군연세무등차.)"라고 한 바 있다. 한 가지에 오종총총 달려 있는 하얀 오얏꽃이 마치 늘씬한 미인들이 줄지어 늘어서 있는 듯하다고 비유하였다. 이처럼 오얏은 열매와 꽃이 모두 좋기에 사람들이 저절로 찾아와서 자연스럽게 길이 생긴다고 했다. 한자 성어로는 '도리불언(桃李不言), 하자성혜(下自成蹊)'라 한다. 덕이 있는 사람은 말하지 않아도 남들이 마음으로 복종한다는 비유로도 쓰이는 성어이다. 한편, 복숭아꽃과 오얏꽃의 합성어인 도리(桃李)는 '제자'를 뜻하기도 한다. 중국 당나라에 적인걸(狄仁傑)이란 재상이 자신의 제자를 많이 추천하여 장상(將相)이 되게 하였기에, 혹자가 적인걸에게 "천하의 도리(桃李)가 다 공의 문하에 있습니다."라고 말했다 한다. 여기에서 '도리만천하(桃李滿天下)'라는 고사가 생겨났다. 우수한 제자가 많다는 뜻이다.

　조선왕조는 여러모로 오얏과 관련이 깊다. 조선왕조가 개국하기 훨씬 이전부터 예언가 도선국사는 500년 뒤에 새로운 왕조의 주인은 오얏(李) 성씨를 가진 자가 될 것이라고 했다. 그래서 고려 중엽 이후에는 한양에 오얏나무를 잔뜩 심었다가 일정한 기간이 지나면 모두 베어버리기를 반복했다. 오얏나무가 더 이상 자라지 못하게 한 것이다. 또 이씨 성을 가려서 부윤(府尹)을 삼고, 왕도 해마다 한 번씩 순행하여 용봉장(龍鳳帳-임금의 포장)을 묻어서 왕기를 다스리고자 했다. 이는『신증동국여지승람』〈한성부〉편에 보인다. 그러나 역사의 운명을 어찌 거스를 수 있었으랴! 덕수궁과 창덕궁은 물론 훈장, 화폐, 황실용 공예품 등에 이른바 '이화문(李花紋)'이라고 하는 오얏꽃 문양이 많이 사용된 것을 지금도 확인할 수 있다. 오얏꽃은 대한제국 시기 황실 문장이자 국가 상징물의 하나였다.

　안타깝다. 유구한 역사 속에 오얏의 존재가 이리도 뚜렷하건만 '오얏'이라는 단어가 점점 그 지위를 잃고 사람들에게 잊히고 있으니 말이다.

산딸기 같은 **양매**

5월

양매(楊梅)라고 하는 과일이 나오고 있다. 중국어로는 '양메이[杨梅 yángméi]'라고 부른다. 한국에서는 보지 못했던 과일, 한국어 사전에는 '소귀나무'로 소개되어 있다. 제주도와 남부 해안 지방에서 볼 수 있는 나무란다. 크기는 매실만 한데, 산딸기같이 표면에 돌기가 오돌도돌 돋아있다. 산딸기의 돌기 하나하나가 떨어지는 것과는 달리 이것은 통째로 있어서 분리되지 않는다. 산딸기의 형뻘쯤 되어 보인다. 색은 짙은 붉은색이다. 잔털 같은 것은 없다. 맛은 달달하면서 매실처럼 시다. 그래서 양매(楊梅)란 이름이 붙은 것이라 한다. 중국에서는 호남, 광동, 광서 등 남부 지방에서 주로 생산된다. 과육 속에는 큰 씨가 박혀 있다.

우리나라의 문집에는 양매가 아주 드물게 기록되었다. 여말선초에 활동한 이직(李稷, 1362~1431)의 시집인 『형재시집(亨齋詩集)』에 "소반에 별미인 양매가 있고, 술잔 돌리며 높이 읊조리니 기분이 썩 좋고말고.(盤中異味有楊梅, 行酒高吟開好懷. 반중이미유양매, 행주고음개호회.)"이라 한 구절이 보인다. 위의 시 구절로 보아 양매를 직접 맛본 것으로 보이나, 별다른 표현은 생략되어 있다. 상촌 신흠(申欽, 1566~1628)의 『상촌집(象村集)』에는 "풀 우거진 돌길에 이끼 비에 젖었는데, 숲속의 꽃 막 떨어지자 양매 보이네.(石逕芊綿雨濕苔, 林花初落見楊梅. 석경천면우습태, 임화초락견양매.)"라 하였다. 박지원은 『열하일기』에서 "7월 10일. 여섯 푼으로 양매차 반 사발을 사서 목을 축이었다. 맛이 달고 신 것이 제호탕(醍醐湯)과 비슷하다."라고 메모하였다. 양매차는 양매를 볶아서 만든 차다.

양매를 소재로 한 시는 조경(趙絅, 1586~1669)의 작품이 유일한 것으로 보인다. 시제는 「양매(楊梅)」이다.

> 옥소반의 양매가 이백 시에 나오는데
> 오늘 아침 동해 가에서 보았네.
> 노귤과 함께 오월에 익는다는데
> 누구나 아는 포도보다 훨씬 맛있네.
> 마른 폐가 네 덕분에 생기가 나서
> 늙은 내가 여기서 찌푸린 눈썹을 펴네.

원래부터 이역에 좋은 과일 많다지만
짐승의 가죽처럼 인재야 있을라구.

玉盤楊梅李白詩, 今朝見之東海湄.　　옥반양매이백시, 금조견지동해미.

幷與盧橘五月熟, 絶勝蒲萄萬口知.　　병여로귤오월숙, 절승포도만구지.

渴肺賴爾吐生氣, 老夫於此伸愁眉.　　갈폐뢰이토생기, 노부어차신수미.

從來異域侈嘉果, 焉有人才當獸皮.　　종래이역치가과, 언유인재당수피.

「양매(楊梅)」『동사록(東槎錄)』

이 시가 수록된 『동사록(東槎錄)』은, 인조 21년(1643) 통신부사로 일본에 갔다 오는 도중에 지은 시문이다. 시인은 양매라는 과일을 이백의 시집에서나 보았지 실제로 본 적이 없다. 이백의 「양원음(梁圓吟)」에 "옥쟁반의 양매는 그대 위해 마련한 것(玉盤楊梅爲君設 옥반양매위군설)"이라는 시구가 있다. 그러던 시인은 일본가는 길 동해 가에서 처음 양매를 맛보게 된 것이다. 그 맛은 포도보다 훨씬 맛있어서 생기가 솟는다고 했다. 대개 양매가 조금 덜 익으면 시큼털털한 맛이 강한데, 시인이 맛본 양매는 먹기 좋게 익은 모양이다.

중국 남조(南朝) 때의 유의경(劉義慶, 403~444)이 저술한 『세설신어』에 양매에 관하여 다음과 같은 기록이 전한다.

양(梁)나라 양씨(楊氏)의 아홉 살 된 아들이 매우 총명했다. 한번은 공탄(孔坦)이 그 아이의 아버지를 만나러 갔는데 그가 부재중이었다. 마침 그 아이가 과일을 내와서 보니, 과일 중에 양매가 있었다. 공탄이 양매를 가리키면서 "이것은 바로 그대 집의 과일이로구나."하자, 그 아이가 즉시 대답하기를 "공작이 바로 공자님 댁의 새란 말은 듣지 못했습니다."라고 하였다. 이는 곧 그 아이의 성이 양씨이므로, 공탄이 양매를 그의 집 과일이라고 말장난을 한 것이었다.

양매에 양(楊)이 들어가서 양씨 집안의 과일이라고 하자, 이 말을 들은 아이가 말했다. "그런데요, 어르신! 공작이 공자 집안의 새라는 말은 듣지 못했습니다요."라고 받아쳤다. 두 사람이 주고받은 말은 일종의 언어유희, 말장난인 셈이다. 그래도 아홉 살 어린 녀석이 받아치는 말솜씨가 보통이 아니어서 이처럼 기록에 남았다.

중국에는 이백, 양만리, 육유 등 허다한 시인들이 양매를 소재로 시화하였다. 이 중에서 송나라 평가정(平可正)의 작품을 인용해 본다.

오월이라 양매 하마 숲에 가득타
처음엔 한 개가 천금에 맞먹는다 의심했지.
맛은 하삭의 포도보다 낫고
빛깔은 노남의 여지보다 깊구나.
五月楊梅已滿林, 初疑一顆値千金.   오월양매이만림, 초의일과치천금.
味比河朔葡萄重, 色比瀘南荔枝深.   미비하삭포도중, 색비로남여지심.

대개 양매는 4월에 꽃이 피었다가 6~7월에 열매가 익어서 먹을 수 있게 된다. 위의 시에서 언급한 양매는 출하 시기가 좀 빨라 5월에 이미 익은 모양이다. 그러니 한두 달 일찍 나왔으니 그 귀하기로 치자면 천금에 해당될 터. 맛을 음미해보니 하삭의 포도보다도 깊은 맛이 나고, 색깔은 노남의 여지보다도 짙은 붉은 색을 띠고 있다. 양매에 관한 정보를 충실히 전달하고 있는 시다.

여름에 맛볼 수 있는 산딸기 모양의 양매는 여러 가지 효능을 가지고 있다. 일단, 갈증을 해소하고 이질, 복통, 구강염에 효과가 있다. 또 나무껍질은 잘 말려 달여서 복용하면 치통, 치혈, 타박상, 출혈, 화상에 효과가 있다. 나무껍질은 염료의 중요한 재료로 사용될 뿐 아니라 양초를 만들 때도 사용된다.(박영하, 『우리나라 나무 이야기』, 이비컴, 2004) 양매 역시 맛있을 뿐만 아니라 여러 면에서 우리 몸에 참으로 이로운 과일이다.

단오절에 맛보는 붉은 **앵두**

　　앵두를 과일이라고 하면 '앵두가 무슨 과일이야', 할 정도로 과일의 종류가 넘쳐나는 이 시대에 크게 대접받지 못하고 있다. 그러나 옛날에는 앵두가 다른 과일보다 일찍 나오는 것을 귀하게 여겨 맛보기 전에 신에게 먼저 올렸다. 이것을 '앵두천신(櫻桃薦新)'이라고 한다. 『예기(禮記)』의 「월령(月令)」에 나온다. 당나라 시인 왕유의 앵도시(櫻桃詩)에, "이 모두가 침원에 춘천하고 난 것이요, 비원(秘苑)의 새 쪼아 먹다 남은 것이 아니라오.(揔是寢園春薦後, 非關御苑鳥含殘. 총시침원춘천후, 비관어원조함잔.)"라는 구절이 보이는데, '춘천'은 봄에 나오는 특산물을 신에게 올린다는 뜻이다.

　　앵두는 '함도(含桃)', '형도(荊桃)', '주앵(朱櫻)', '매도(梅桃)', '우도(牛桃)'

라고도 불린다. 모두 붉은 구슬같이 생긴 앵두의 모양을 빗대어 표현한 것이다. 또한 '이사락(移徙樂)'이라는 이칭도 있다. 앵두나무는 수령이 오래 되면 열매가 많이 맺지 않아 베어서 옮겨 심는 것이 좋다. 그래서 자주 이사 다니기를 좋아한다는 의미를 담아 그렇게 부른다. "매년 붉은 앵두가 익으니, 곧 단옷날이 되리라."라는 구절이 있듯이, 앵두는 대개 음력 5월이면 먹을 수 있다.

앵두는 역대의 중국 시인들에게 좋은 시적 소재가 되었다. 그중에 두보(杜甫)의 「시골 사람이 붉은 앵두를 보내 주어서(野人送朱櫻 야인송주앵)」란 시를 소개해 본다.

> 서촉 지방의 앵두가 또 절로 붉어지자
> 시골 사람이 대바구니 가득 보내 주었네.
> 여러 번 살살 부어라 깨질까 걱정된다
> 수많은 알갱이 모두 동글동글 어찌 저리 같을까 의아롭네.
> 西蜀櫻桃也自紅, 野人相贈滿筠籠.　서촉앵도야자홍, 야인상증만균롱.
> 數回細寫愁仍破, 萬顆勻圓訝許同.　수회세사수잉파, 만과균원아허동.

두보가 관직을 버리고 사천성 청도에 정착하였을 때에 지은 것이다. 앵두가 익을 때마다 매해 봄 시골 사람이 대바구니에 가득 보내온 앵두를 보고 느낀 감회가 드러나 있다. '홍(紅)'과 '만(滿)'의 글자로 풍성한 붉은 앵두의 이미지를 잘 드러내었다. 또한 앞서의 두 글자는 뒤

구절에 깨어질까 노심초사하는 시인의 마음과 자연스럽게 연결되어 있다. 수많은 앵두가 하나같이 동그랗게 생긴 것이 이상하다 했다.

앵두는 붉고 야무진 모양으로 인해 종종 미인의 모습을 형용하는데 쓰였다. 백거이가 "앵두 같은 번소의 입이요, 버들 같은 소만의 허리로다.(櫻桃樊素口, 楊柳小蠻腰. 앵도번소구, 양류소만요.)"라고 한 것이 그 예다. 번소와 소만은 모두 백거이의 첩이었다. 과거 미인의 요건으로 주순호치(朱脣晧齒)가 있었으니, 곧 붉은 입술은 앵두로 묘사되곤 했다.

우리 고전에서 앵두를 노래한 한시는 고려 시대 이규보(李奎報, 1168~1241)의 『동국이상국집』에 처음 보인다.

하늘의 솜씨 참으로 신기하여라
신맛 단맛 딱 알맞도다
그저 탄환처럼 둥글게 생겨
새들의 쪼아댐을 막지 못하는구나
天工獨何妙, 調味適酸甘.　천공독하묘, 조미적산감.
徒爾圓如彈, 難防衆鳥舍.　도이원여탄, 난방중조함.

「앵두(櫻桃 앵도)」『동국이상국집(東國李相國文集)』

앵두의 시고 달달한 맛과 탄환처럼 둥글게 생긴 것에 주목하여 쓴 시이다.

찬란하도다 빨갛게 익은 앵두

동글동글 이슬을 함초롬히 머금었네

따다가 소반 위에 올려놓고 보니

하나하나 반짝이는 진주로다

粲爛朱櫻熟, 團圓湛露濡. 　찬란주앵숙, 단원담로유.

摘來盤上看, 箇箇是明珠. 　적래반상간, 개개시명주.

「앵두(櫻桃 앵도)」『도은집(陶隱集)』

고려 말의 문인인 이숭인(李崇仁, 1347~1392)의 시다. 주영(朱櫻)이니, 포
단(團圓)이니, 명주(明珠)니 하는 시어로 앵두를 표현하였다.

앵두는 대개 붉다. 우리나라 영동(嶺東) 지방에서 흰 앵두가 많이 나
기도 하나 맛이 붉은 것만 못하다고 한다. 흰 앵두는 붉은 것만큼 자주
볼 수 없기 때문에 그 특별함으로 시적 소재가 되기도 하였다.

보리의 시에서 이름만 알다가

광주리 기울인 오늘에야 눈이 깜짝 놀라네.

감로 같은 동그란 앵두 입속에서 살살 녹으니

수정포도가 있다는 것을 어찌 믿으랴.

甫里詩中但識名, 傾籃此日眼初驚. 　보리시중단식명, 경람차일안초경.

一團甘露含消處, 肯信葡萄有水晶. 　일단감로함소처, 긍신포도유수정.

「흰 앵두를 먹으며(食白櫻桃 식백앵도)」『점필재집(佔畢齋集)』

조선 초기의 문신이자 성리학자인 김종직(金宗直, 1431~1492)의 시다. 김종직은 자는 계온(季昷)·효관(孝盥), 호는 점필재이다. 그는 문장과 경술에 뛰어나 영남학파의 종조(宗祖)가 되었으며 조선초 성리학을 이룬 대학자로 평가받았다. 첫째 구의 보리(甫里)는 당나라 시인 육구몽의 자호이다. 그의 「업궁시(鄴宮詩)」에 "이른 새벽에 단장한 일천 기마의 여인들이여, 흰 앵두나무 아래 자주색 윤건이로다.(曉日靚粧千騎女, 白櫻桃 下紫綸巾. 효일정장천기녀, 백앵도하자륜건.)"라는 시구가 있다. 김종직은 옛 시인의 시집에서만 읽었던 흰 앵두를 직접 보고 감회가 있어서 위와 같은 쓴 것이다. 시인은 흰 앵두를 수정처럼 맑은 포도로 표현하였다.

조선 시대 임금 중에 세종이 특별히 앵두를 좋아하였다. 그래서 그 아들인 문종은 세자시절부터 아버지를 위해 궁궐에 앵두나무를 많이 심었다고 한다. 문종이 앵두를 따서 직접 올리면 세종은 반드시 맛을 보고서, "밖에서 올리는 것이 어찌 세자가 직접 심은 것만 하겠는가." 라며 칭찬하였다. 세종이 평소 소갈병(현대의 당뇨)을 앓았다는 이력으로 보아 특별히 앵두를 좋아한 이유를 추측할 수 있을 것 같다. 앵두는 이질과 설사에 효과가 있고 기운을 증강시켜 준다고 한다. 또 일설에 의하면 간에 도움이 된다고도 한다. 이익의 「성호사설(星湖僿說)」〈인사문(人事門)〉에는 "옛날 불초한 남자가 있었는데, 그의 누이동생이 중병을 앓다가 많은 양의 앵두를 씨까지 함께 먹고 드디어 완치되었다. 그 남자가 생각하기를, "누이동생 하나를 죽여서 천만 명의 목숨을 살리는 것이 옳겠다."하고 드디어 누이의 배를 갈라 보았다. 간(肝)과 격막

(膈膜)이 모두 썩었는데, 앵두 씨가 엉켜 살이 돋아나고 있었다. 이에 간을 보호하는 처방을 얻었다. 그러나 천만 명을 살리겠다는 공덕이 누이동생을 죽게 했으니 그 죄악을 갚지는 못할 것이다."라는 이야기가 소개되어 있다.

앵두를 생각하면, 그것을 읊은 한시나, 세종이 좋아했다거나, 어떤 효능이 있다는 것보다 '앵두나무 우물가에 동네 처녀 바람났네'로 시작하는 유행가를 불렀던 초등학교 동창이 먼저 떠오른다. 초등학교 시절, 그 친구는 노래자랑 대회가 열리거나 소풍날이 되면 언제나 이 노래를 불러서 선생님과 친구들을 포복절도하게 만들곤 했다. 뻐드렁니 더벅머리에, 애주가 아저씨처럼 코가 약간 불그레하고 키가 작달막했던 그 친구는, '물동이 호밋자루 나도 몰래 내 던지고 말만 들은 서울로 누굴 찾아서 입분이도 금순이도 담봇짐 쌌다네'라는 구절을 넉살 좋게 잘도 불렀다. 그 친구의 '앵두나무 처녀'는 절창 중의 절창이었다. 당시에는 그 노래를 김정애라는 가수가 불렀다는 것도, 이 노랫말에 1960년대 도시화로 농촌이 파괴되는 당시의 사회상을 담고 있다는 것도 몰랐다. 세월이 훌쩍 흘러 '앵두나무 처녀'를 구성지게 불렀던 더벅머리 소년은 중년의 신사로 변했지만, 그 시절 많이 먹었던 앵두나무는 여전히 시골 우물가에 덩그러니 남아 붉은 열매를 자랑하고 있는 듯하다.

용의 눈알을 닮은 **용안**

　"전번에 사신이 왔을 때, 날것을 얻어서 먹어보니 맛이 몹시 좋았다고 하였는데, 이번 길에는 맛볼 수가 없으니 한스러운 일이다."

　위는 1720년 도곡 이의현(李宜顯, 1669~1745)이 청나라 연경에 다녀오면서 남긴 『경자연행잡지(庚子燕行雜識)』에 실려 있는 글이다. 용안을 맛보지 못한 아쉬움이 드러나 있다.

　용안이라? 어떤 과일이길래 이리도 한스러워하는가? 이것은 남방 지역에서 나오는 것이기에 우리나라에서는 좀처럼 맛보기 어려운 과일이다. 남방 지역이라 함은, 중국의 남부지방을 비롯하여 태국, 인도네시아 등을 말한다. 용안은 중국어로는 룽앤[龍眼 lóngyǎn]이라고 한다. 왜 하필 용안이라 불렀을까? 용안은 동근 모양이 각양각색의 눈알과 닮아있다. 그래서 큰 용안을 용의 눈알을 닮았다 하여 '용안(龍眼)'이라

하고, 중간 크기는 호랑이의 눈알을 닮았다 하여 '호안(虎眼)'이라 하고, 아주 작은 것은 귀신의 눈알을 닮았다 하여 '귀안(鬼眼)'이라 불렸는데, 이후에 '용안'으로 통용되었다고 한다. 또한 '용목(龍目)', '원안(圓眼)', '익지(益智)'라고 하는 별칭도 있다.

용안은 초여름에 꽃이 피어서 7월에 열매가 익는다고는 하지만 중국의 남방 지역인 계림에서는 한겨울에도 그 맛을 즐길 수 있다. 생김새는 여지와 비슷하지만 조금 더 작고 공처럼 동그랗고 야물딱지게 생겼다. 약 0.5㎝ 되는 얇은 황갈색의 껍질을 벗겨내면 그 안에 뽀얀 과육이 들어있다. 그리고 과육 안에는 제법 큰 까만 씨가 들어있다. 맛은? 여지보다는 과즙이 많지 않으나 여지와는 다른 깊은 맛이 있다. 과육은 잘근잘근 씹으면 조금은 아삭한 식감이 느껴지고, 달달하지만 끈적한 달달함이 아니라서 상큼하다. 그리고 약간의 신맛도 들어있다. 용안을 한번 맛보면 위의 도곡의 한스러움을 이해할 수 있을 것이다. 용안은 날것으로 먹지만 또 말려서도 먹는다. 말린 용안은 '용안육(龍眼肉)'이라 부른다.

용안은 우리나라에서는 보기 어려운 과일이었다. 그래서 관련된 자료 역시 찾아보기 어렵다. 다만 용안을 주제로 쓴 한 편의 시가 있어 소개해 본다. 시제는 「용안을 먹으며」이다.

좋은 종자는 현포에 기록되는데
어찌 일찍이 촉도에서 나왔나

석청 맛과 같을 만한데

누가 여지노라 불렀나.

윤기는 삼위산의 이슬을 빼앗고

향기는 만 개의 진주 알갱이에 어리었네.

술잔 들고 입에 맞아 기쁘니

잠깐이나마 궁한 길에 위로가 되네.

佳種標玄圃, 何曾出蜀都. 가종표현포, 하증출촉도.

堪同厓蜜味, 誰喚荔枝奴. 감동애밀미, 수환여지노.

潤奪三危露, 香凝萬顆珠. 윤탈삼위로, 향응만과주.

樽前欣可口, 一餉慰窮途. 준전흔가구, 일향위궁도.

「용안을 먹으며(食龍眼 식용안)」『간재집(艮齋集)』

조선 중기의 문신 최연(崔演, 1503~1549)의 시이다. 최연은 자가 연지
(演之), 호는 간재(艮齋)이다. 그는 시문에 능해 국가에서 주관하는 교서·
책문을 주로 담당했고, 어제시(御製詩 임금의 명으로 지은 시)에 항상 수석
또는 차석을 차지하여 왕의 총애를 받았다. 위의 시는 그가 1549년 동
지사로 명나라에 갔을 때 지은 것이다. 1, 2구의 '촉도'는 사천성으로
통하는 길목이니, 중국의 남방 지역에 해당한다. 허다한 좋은 물건들
이 곤륜산 정상의 신선 세계로 불리는 '현포'에서 나왔다고 하지만, 이
용안은 남방의 산물임을 드러낸 것이다. 3, 4구와 5, 6구에 용안의 맛과
생김새가 묘사되었다. 그 맛은 석청과 같은데, 누가 '여지노'라 불렀는

가 묻는다. 여지노는 용안의 다른 이름이다. 여지가 지나고 나서 용안이 익는다고 하여 남방 사람들이 '여지노'라고 불렀다고 한 데서 나온 말이다. '여지노'라는 이름에서 알 수 있듯이 여지가 으뜸이고 용안은 그 다음이라는 의미가 얼마간은 들어있다. 그런데 용안의 맛을 직접 본 시인은 '여지노'란 이름이 걸맞지 않다고 여긴 것이다. 용안은 뽀얀 과육 속에 달콤한 과즙을 함유하고 있다. 시인은 달콤한 과즙을 '삼위산의 이슬'이라고 표현하였다. 삼위신의 이슬이 대체 무엇인가? 옛날 이윤이 탕 임금에게, 물 가운데 가장 맛이 좋은 것으로는 삼위산의 이슬이라고 한 데서 나온 말이다. 또 진주같이 동그란 모양을 하고 있으면서 향기를 지니고 있다고 하였다. 7, 8구에는 이처럼 맛있는 과일을 맛본 시인의 흡족함이 드러나 있다. 용안의 미감이, 외롭고 험난한 여정 속에서 잠시나마 위로가 된다고 하였다. 사실 여행에서, 혹은 길 위에서 우리를 즐겁게 해주는 것 중의 하나가 낯선 먹거리가 아닌가.

용안은 영양이 풍부한 과일이다. 포도당이 많이 함유되어 있을 뿐 아니라 단백질과 철의 양도 비교적 높다. 또 기억력을 증강시키고 피로 회복에도 도움이 된다. 그래서 그런가, 중국 절강성 일대에는, 양귀비가 병이 나서 그 어떤 것도 먹을 수 없을 때 용안을 먹고 병이 나았다고 하는 전설이 전해지고 있다. 여지를 무척 좋아했던 양귀비가 용안을 먹고 병을 다스렸다니!(도대체, 양귀비가 먹지 않은 과일이 있기라도 하는 건가!)

그대 **매실**이 되어 주오

    그대 매실이 되어달라니, 무슨 뜻인가? 매실은 매화가 지고 난 뒤 맺히는 열매이다. 오늘날에도 먹는 매실의 역사는 하은주 시대로 거슬러 올라갈 만큼 유구하다. 은나라 고종이 현자를 찾아다니다가 부암이라는 시골구석에서 몸을 숨기고 농사일을 하는 부열(傅說)을 만나 재상으로 천거하고 자신을 가르쳐줄 것을 청하였다. 이때 고종이 부열에게 말했다. "내가 술이나 단술을 빚으려 할 때, 그대는 누룩과 엿기름이 되어주시오. 또 내가 양념을 넣어서 국을 끓이려 할 때, 그대는 소금과 매실이 되어주시오." 여기서 소금과 매실의 짠맛과 신맛은 국의 간을 맞추는 조미료이다. 다시 말해 재상이 되어 국정을 맡아줄 것을 요청하는 비유로 쓰인 것이다. 위의 이야기는 『서경』에 출전을 두고 있다. 훗날 부열은 중국 역사서에 대표적인 어진 재상으로 기록되었다.

매실은 5~6월경에 맺힌다. 그 열매는 청록색을 띠거나 누런색을 띠기도 한다. 그래서 '청매', '황매'라고 부른다. 청매를 쪄서 말리면 '금매(金梅)', 소금물에 절여서 햇볕에 말리면 '백매(白梅)', 연기에 그을려 검은색을 띠면 '오매(烏梅)'라고 하였다. 또 봄에 나는 것이라 하여 '춘매(春梅)', 살구류에 속하는 열매라 하여 '행매(杏梅)'라는 이칭도 있다. 현대 중국에서는 '과매(果梅)'라고 통칭한다. 또한 신맛이 난다 하여 '산매(酸梅)'라고도 한다.

매실에는 삼국지의 주인공인 조조(曹操)와 관련된 고사가 전하고 있다. 조조가 원소(袁紹)와 싸우다가 사세가 여의치 않아 도망가게 되었다. 그때 부하들이 몹시 목이 말라 하소연을 하자 조조가 "앞에 커다란 매화나무 숲이 있다. 그 매실을 실컷 따 먹으면 달고 신맛으로 갈증을 해소할 수 있을 것이다."라고 하였다. 조조의 이 말을 들은 군사들이 매실의 신맛을 머릿속에 떠올리자 입에 침이 돌아 해갈이 되었다고 한다. 여기에서 '매림지갈(梅林止渴)', '망매지갈(望梅止渴)'이라는 고사가 생겨났다. '실현할 수 없는 소망을 환상에 의지하여 잠시 위로한다'는 의미로도 쓰인다.

매실은 다양한 이름만큼이나 영양이 풍부하다. 매실은 독특하게도 그 자체로 신맛, 단맛, 쓴맛을 모두 함유하고 있다. 그래서 신맛으로 식욕을 돋우어주고 위장 장애를 없애주며, 피로 회복에 도움이 된다. 해독 작용이 탁월하고 미용에도 효과가 있다. 민간에서는 비상 상비약으로 매실청을 챙겨두기도 한다. 더구나 항암효과까지 있다고 하니 그야말로 '슈퍼푸드'라고 할 수 있다.

그렇다면 이와 같은 매실이 한시에서는 어떻게 표현되었을까? 선인들이 '매란국죽(梅蘭菊竹)'이라하여 사군자의 첫머리에 매화를 놓고 칭송하였던 것에 비해 과실로서의 매실에 대한 언급은 그다지 많지 않다. 꽃으로 주목 받은 반면 과실로서는 주목받지 못한 셈이다. 그래도 몇 편을 소개해 본다.

> 뜨락 매화나무에 아름다운 과실 맺히니
> 사랑스럽고도 어여뻐라.
> 안개비 속에 절로 누렇게 되는데
> 조정(調鼎)은 다시 언제가 될까.
> 庭梅有佳實, 可愛亦堪憐.　정매유가실, 가애역감련.
> 自黃烟雨裏, 調鼎更何年.　자황연우리, 조정갱하년.
>
> 「매실을 읊다(詠梅實 영매실)」『태촌집(泰村集)』

태촌(泰村) 고상안(高尙顔, 1553~1623)의 작품이다. 그는 조선 중기의 학자로 일찍이 함창현감·풍기군수·함양군수 등을 역임한 바 있다. 임진왜란 당시 향리인 상주 함창에서 의병 대장으로 추대되어 큰 공을 세우기도 하였으며, 이덕형·이순신 등과의 서사 기록도 남긴 바 있다.

학계에서는 현전하는 「농가월령가」의 저자로 추측하기도 한다. 위의 시에서 시인은, 빗속의 매실이 언제나 익어서 음식을 조리할 때 쓰일 수 있을까를 노래하고 있다. 매실이 맺힐 무렵이면 비가 자주 내린다. 그 빗줄기가 자양분이 되어 매실은 하루가 다르게 오동통하게 살이 오른다. 이때 내리는 비를 특별히 '매우(梅雨)'라 하였다. 한시에서는 이처럼 매화와 비가 곧잘 결합 된다. 결구의 '조정(調鼎)'은 앞서 언급한 고종과 부열의 고사인 "내가 국을 요리하거든 그대는 소금과 매실이 되어주시오."를 끌어다 쓴 것이다. 여기에는 부열과 같은 명재상이 되어 나라에 보탬이 되기를 바라는 시인의 열망을 어렵지 않게 읽을 수 있음은 물론이다.

비 갠 산중에 해 길어 지루한데
벗님이 초가집에 좋은 선물 보내왔네
소반 위엔 갑자기 매실이 올려 있고
주발 속엔 껍질 벗긴 죽순이 담겼네
더위 먹어 지친 몸 고쳐주니 제호탕과 맞먹나니
귀한 물건 선뜻 내어 궁한 사람 위로하네
집안에 현부인이 있는 줄 잘 알기에
새로 난 외를 따서 보내는 것으로 인사 대신 하네
雨歇山樊日色遲, 故人嘉貺到茅茨. 우헐산번일색지, 고인가황도모자.
髹盤忽薦舍酸子, 瓷椀兼輸脫錦兒. 휴반홀천함산자, 자완겸수탈금아.

助合醍醐淸病喝, 輕抛玟瑠慰窮飢. 조합제호청병갈, 경포대모위궁기.

夙知內有齊眉敬, 爲摘新瓜替致辭. 숙지내유제미경, 위적신과체치사.

「개보가 매실과 죽순을 보내왔기에 산전에서 새로 난 오이로 답례하였다

(皆甫餽梅實竹筍 以山田新瓜謝之 개보궤매실죽순 이산전신과사지)」

『다산시문집(茶山詩文集)』

　　다산 정약용(丁若鏞, 1762~1836)의 시다. 시제에서 보이는 개보(皆甫)는 윤서유(尹書有)의 자(字)이다. 다산과는 친구이면서 사돈지간이 된다. 개보가 매실과 죽순을 보내온 것에 사례하고 오이로 답례한다는 내용이다. 소박한 물건을 주고받으면서 감사의 마음을 전하는 시구 속에 인심 좋은 시골살이의 모습과 두 사람 간의 우의를 읽을 수 있다. 위의 시에서 매실은 '목마름 병을 고쳐주는 제호탕과 맞먹는'것으로 표현되었다. 제호탕은 갈증을 해소하기 위해 마시는 일종의 청량음료다. 『동의보감』에서는 '오매육(烏梅肉)', '백단향(白檀香)', '축사인(縮沙仁)', '초과(草果)', 꿀을 넣어서 끓인 다음, 찬물에 타서 복용하면 갈증 해소에 탁월한 효과가 있다고 되어 있다. 5월 단오에 궁중의 내의원이 제호탕을 제조하여 임금께 올렸다는 기록이 보인다. 이때 사용되는 주재료가 바로 '오매(烏梅)'이다. 매실이 갈증을 해소하는 귀한 과실임을, 그러한 과실을 보내온 개보에 대한 고마움을 표현하였다.

종이창으로 조최의 따뜻함을 맘껏 들이키고

나물국엔 부열의 매실로 간 맞추기 어려워라.

애석하여라, 영균은 오미(五味)를 잊고서

일생토록 오직 국화만 먹었으니.

紙窓長嚥趙衰溫, 菜鼎難和傅說酸.　지창장연조최온, 채정난화부열산.

可惜靈均忘五味, 一生唯得菊花湌.　가석영균망오미, 일생유득국화손.

「조극인에게서 매실을 구하다(從曹克仁索梅實 종조극인색매실)」『소재집(穌齋集)』

　　노수신(盧守愼, 1515~1590)의 시다. 노수신은 시·문·서예에 능했던 인물로 전해진다. 덕행이 뛰어나고 선조의 은총을 많이 받았으나, 불행하게도 을사사화 때 순천으로 유배되었다가 다시 양재역벽서사건에 연루되어 진도로 이배 되는 등 귀양살이를 무려 19년간 하였다. 시제에 언급된 조극인은 중종 26년 식년시에 장원한 인물로 기록되어 있으나 그 이상의 자세한 정보는 보이지 않는다. 위의 시에는 여러 전고가 보인다. 우선 1구의 '조최(趙衰)'는 진 문공이 부왕의 미움을 받아 망명 생활을 할 때 도움을 준 공신이다.『춘추좌씨전』에는 다음과 같은 이야기가 전한다. 춘추 시대 노국(潞國)의 대부 풍서(酆舒)가 진나라 가계(賈季)에게 "진의 대부 조순(趙盾)과 조최(趙衰) 중에 누가 더 어진가?"라고 물었다. 그러자 가계가 "조최는 겨울날의 태양과 같고, 조순은 여름날의 태양과 같습니다."고 대답했다. 겨울의 햇볕은 따뜻하여 사람이 좋아하지만 여름의 햇볕은 강렬하여 너무 가까이 있는 것을 꺼려 한다.

이는 조최가 겨울 햇살처럼 사람들이 좋아할 만하다는 뜻이다. 2구는 부열에게 매실이 되어 달라고 한 은나라 고종의 고사와 관련된다. 따라서 1, 2구는 조최와 같은 어짊이 있어도 부열처럼 재상이 되어 국정을 잘 맡아 하기란 쉽지 않음을 말한 것이다. 또한 여기에는 조극인의 따뜻하고 어진 마음을 높이고 자신을 낮추는 겸손함이 내포되어 있다. 3구의 영균은 굴원의 자이다. 그가 지은 이소(離騷)에는 다음과 같은 구절이 있다. "아침에는 목란의 이슬방울 받아 마시고, 저녁에는 가을 국화 떨어진 꽃잎 주워 먹네.(朝飮木蘭之墜露兮, 夕餐秋菊之落英. 조음목란지추로혜, 석찬추국지낙영.)"여기서 굴원은 자신을 매우 고결한 자태를 지닌 인물로 묘사하였다. 위의 시 3, 4구에서는, 오미의 맛을 지닌 매실을 먹지 않고 오직 국화만을 먹었다고 하는 굴원을 안타깝게 여기고 있음을 드러내었다.

매실과 관련된 한시는 대체로 '부열의 매실'과 연결되어 그 표현이 매우 제한적으로 쓰였음을 알 수 있다. 매화는 겨울의 혹독한 추위를 견디고서 뭇 꽃이 피기 전에 제일 먼저 그 꽃을 피웠기에 선인들이 특히 귀애하였다. 산고를 겪고 나서 맺힌 매실 또한 특별한 대우를 받았다. 국정을 운영하는 데 중요한 역할을 할 재상으로 비유하였다.

문득 나는, 우리는 어디에, 누구에게 '매실이 되어줄' 수 있을까를 생각해 본다.

입안에 살살 녹는 **하미과**

혹, 중국 여행을 하다가 '하미과'라는 과일을 맛본 적이 있는가? 생긴 것은 수박보다 조금 작고 참외보다 크면서 길쭉하다. 참외처럼 노란색을 띤 것도 있고, 수박처럼 녹색을 띤 것도 있다. 꼭 선머슴같이 멋없게 생긴 것이 있는가 하면, 아담하고 예쁜 여자애처럼 생긴 것도 있다. 멜론처럼 돌기 모양의 줄무늬가 있는 것도 있고, 없는 것도 있다. 과육은 흰색, 녹색, 오렌지 색이 있다. 하미과의 종류만 해도 180종이 넘는다. 모양이야 어떻든 색깔이야 어떻든, 그 껍질을 벗겨 씨를 제거하고 과육을 먹어본 사람이라면 대부분 그 맛에 감탄한다. 아삭아삭 씹히는 과육에 달착지근한 과즙의 맛이 여느 과일과는 비교가 되지 않는다.

하미과(哈密瓜)는 참외의 일종으로 '참외 중에 으뜸'이라고 한다. 명성에 어울리게 과일 맛이 참 품위 있다. 하미과는 그 역사가 오래되었다. 실제 천 년 이전부터 먹었던 과일이다. 하미과는 '감과(甜瓜)'라고도 부른다. 오늘날 부르는 하미과는 다음과 같은 유래가 전한다.

청나라 강희 연간에 선선왕(鄯善王)이 해마다 합밀왕(哈密王)에게 진상했던 과일이 선선동호감과(鄯善东湖甜瓜)이다. 선선은 합밀(哈密)에 복속된 땅이다. 합밀은 신강(新疆) 성 동부에 있는 도시다. 동호(東湖)에서 생산되는 하미과는 맛이 아주 독특하여 사람들이 그 과일을 과일 중의 왕이라고 하였다. 합밀왕은 선선왕이 진상한 독특한 이 과일을 강희 황제의 궁궐로 보냈다. 강희 황제가 이 과일을 처음 먹어보고 맛이 독특해서 이름을 물었다. 옆에 있던 내시가 합밀왕이 진상한 것을 알고는 "하미과이옵니다."라고 했다. '합밀왕'이 진상하였다고 하여 '하미과'라 한 것이다. 이때부터 이 과일의 이름이 '하미과'가 되었다고 한다.

'하미과'는 『신강회부지(新疆回部志)』라는 문헌에 그 이름이 처음 보인다. 거기에 "강희 초기부터 합밀에서 이 과일을 진상하였는데 하미과라고 한다."고 되어 있다. 원나라 초기의 『장춘진인서유기(長春眞人西遊記)』에는 "하미과는 마치 베개와 모양이 비슷하나 그 향과 맛은 중국에는 없던 것이다."라고 하였고, 『열미초당필기(閲微草堂笔記)』에는 "서역의 과일 중에 토로번(土魯番)에서 나는 포도보다 맛난 것이 없고, 합밀에서 나는 하미과보다 맛난 것은 없다."라고 기록되어 있다. 청나라 말기의 시인 소웅(蕭雄)은 『서강잡술시(西疆雜述詩)』에 하미과의 맛과 모양에 대해 "둥글면서 길쭉하다. 양 끝이 약간 뾰족하고 껍질이 많다. 갈라서 속을 발라내고 과육을 먹는다. 달기는 사탕수수와 꿀의 중간쯤 되고, 상큼하여 물리지 않는다. 갈증을 멈추게 한다."고 하였다.

위의 문헌에서 알 수 있듯, 하미과의 최대 생산지는 '합밀'이다. 합밀은 신강 지역 동부 쪽에 위치하고 있다. 그 지역에서 생산된 하미과가 가장 맛있다고 한다. 하미과가 천하에 으뜸이라는 뜻을 가진 "합밀과갑천하(哈密瓜甲天下)"라는 말이 있다. 하미과 때문에 합밀이 유명해졌고, 또 합밀 때문에 하미과가 알려지게 되었다. 하미과의 독특한 맛은 신강(新疆) 지방의 토양, 무더운 날씨, 수분과 밀접한 관계가 있다. 건조하고 비가 적으며, 여름은 몹시 덥고 겨울은 매우 추우며, 일교차가 크고 일조시간이 매우 긴 신강 지역은 하미과가 생장하고 당분이 축적되는데 매우 유리한 조건을 갖추고 있다. 신강 지역이 아니면 하미과의 맛을 낼 수 없다고 하니 자연의 조화란 묘하다고 할 수 있다.

문헌에 따르면, 매해 합밀에서 청나라 조정에 하미과를 200여 차례 진상하였다고 한다. 그런데, 그토록 맛있다고 하는 하미과를 과연 어떠한 방법으로 진상하였을까? 우선 낙타로 운반하였다고 한다. 합밀에서 청나라의 수도인 심양까지의 거리는? 7,180리. 매일 백 리를 간다고 해도 70여일이 걸렸을 것으로 추정된다. 또 다른 방법으로는 역말을 두어 운송하였다고 한다.

청나라 말기에 활동했던 송백로(宋伯魯, 1853~1932)의 「하미과를 먹으며」란 시를 소개해 본다.

아득한 사막에서 모래바람 일으키며
만리의 낙타 서울로 조회 가는구나.
금 상자에 밧줄로 조심조심 싼 꾸러미
사신이 하미과를 조공해 오는 것이리.
상림원에 진귀한 과일 없는 것이 없을 터인데
어찌 그리 머나먼 곳에서 가져오나
금 쟁반에 담아 진상하니 황제 환히 웃으며
훌륭한 성상의 글로 은전을 내리시네.

龍磧漠漠風轉沙,　胡駝萬里朝京華.　　용적막막풍전사, 호타만리조경화.

金箱絲繩愼包匭,　使臣入貢伊州瓜.　　금상사승신포궤, 사신입공이주과.

上林珍果靡不有,　得之絶域何其遐.　　상림진과미불유, 득지절역하기하.

金盤进御天顔喜,　龍章風藻爲褒嘉.　　금반진어천안희, 용장풍조위포가.

「하미과를 먹으며(食哈密瓜 식합밀과)」

위의 시는 머나먼 신강 지방에서 하미과를 낙타에 싣고 장안으로 들어가 황제에게 진상하니 황제가 기뻐서 상을 내렸다는 내용이다. 황제는 바로 강희제이다. 당시에 맛있고 신선한 하미과를 청나라 황실에 올리기 위해 말을 타고 눈 깜짝할 사이에 새처럼 날아갔다고 하니, 싱싱한 여지를 양귀비에게 올리기 위해 파발마를 달렸던 상황과 비슷하였던 듯하다. 본문의 이주과(伊州果)는 하미과의 별칭이다. 이주는 신강 합밀시에 속한 지역으로 하미과의 산지이다. 노란 하미과의 빛깔은 비단처럼 선명하다. 잘 익었을 때 먹으면 입에서 살살 녹는다.

그렇다면 조선 시대에도 하미과라는 과일이 있었을까? 과문한 소치인지 모르지만 문헌에 '하미과'라고 한 것을 확인하지 못하였다. 아마도 '하미과'라는 이름이 청나라 때 처음 기록된 것과 무관하지 않은 듯하다. 다만 감과(甜瓜)라고 한 것이 있으나 하미과가 아니라 일반 참외를 지칭하는 듯하다.

하미과는 맛도 좋을 뿐만 아니라 영양소도 풍부하다. 섬유소, 인, 철, 당분 등이 다량 함유되어 있는데 그중에서 특히 철은 오리고기보다 3배, 우유보다 17배나 많이 함유하고 있다니 중국의 서역 신강 지방의 보배라고 할 만하다. 중국에서는 하미과를 길쭉하게 쪼개어 그것을 먹기 좋게 나무 꼬치에 꽂은 '하미과 꼬치'를 종종 볼 수 있다. 하미과를 먹어본 사람이라면 '먹는 즐거움이 사람을 얼마나 행복하게'하는지 공감할 것이다. 근 몇 년 전만 해도 한국에서 맛보기 어려운 과일 중의 하나가 하미과였으나 이제는 우리 땅에서 나는 하미과를 먹을 수 있게 되었다. 먹는 즐거움을 더 많은 사람들과 함께할 수 있게 된 것이다.

여름

무더위 속에
날 찾아오는 이 적어
조용히 앉아서
장음 단음을 읊노라

溽暑經過少, 욕서경과소
靜居長短吟, 정거장단음

하일즉사 (夏日即事) _이색(李穡)

여름

허기를 달래주었던 **오디**

후한 때에 채순(蔡順)이라는 사람이 있었다. 흉년이 든 어느 해, 먹을 것이 없어서 너도나도 기아에 허덕였다. 그래도 어떻게든 늙으신 어머니를 봉양해야 했기에 그는 뽕나무 밑을 서성이며 열매를 주웠다. 두 개의 바구니에 부지런히 열매를 담아 넣었다. 누군가 왜 그리하냐고 물어보니, 검게 잘 익은 오디는 어머니께 드리려 하고, 붉게 익은 것은 자신이 먹기 위해서라 하였다.

당나라 이한(李瀚)이 지은 아동용 학습 교재인 『몽구(蒙求)』에서는 위의 고사를 '채순반심(蔡順分椹)'이라는 제하에 소개하고 있다. 그 뜻은 '채순이 오디를 나누다'이다. 그는 중국 역사상 24효자 가운데 한 사람이다. 기아에 허덕일 때 무엇인들 못 먹겠는가마는, 하필 뽕나무 열매인 오디를 먹었을까? 홍만선의 『산림경제』에는 "오디는 검은 것을 따서 볕에 말려 가루를 만들어 3홉씩 하루에 세 차례씩 물에 타서 먹으면 배고프지 않다."라고 소개하고 있으니, 구황식물로서 그 역할을 톡톡히 했던 것으로 보인다. 전쟁 때 군량미가 떨어지면 오디로 보충하였다는 기록도 위 사실을 뒷받침해준다.

한나라 광무제 유수(劉秀)도 오디와 관련한 고사를 남겼다.

서한 말년 왕망(王莽)이 왕위를 찬탈하자 유수가 군대를 일으켜 왕망을 토벌하고 망한 한나라를 회복하려 하였다. 그러나 불행히도 대패하고 말았다. 유수는 혈혈단신 도주하여 목숨을 부지하면서 훗날을 도모하려 하였으나, 가슴에는 칼을 맞고 다리에는 독화살을 맞은 위독한 상태였다. 적들의 추격을 가까스로 피해서 폐허가 된 돌담 밑에 몸을 숨긴 채 밤낮을 혼절하였다 깨기를 반복하였다. 그로부터 7일이 지난 뒤 깨어나서 머리맡에 늘어진 가지에 달린 열매를 따서 허기를 채웠다. 그런데 그 맛이 기막히게 좋았다. 그리고 한 달이 지난 뒤에 칼에 맞은 상처가 서서히 치료되고 화살 독이 없어지더니 몸이 점점 회복되었다. 그리고 자신을 찾으러 온 대장군 등우를 만나 돌아갈 수 있었다. 이때 그가 먹었던 열매가 오디였음을 알게 되었다.

당시 유수가 먹은 오디는 허기를 면해 준 데다가 칼에 찔린 상처와 화살 독을 치유하는 효과까지 있었던 것이다. 실제 오디의 효능에는 간과 신장을 이롭게 하고, 갈증 해소에 도움을 주며, 해독 작용이 있는 것으로 밝혀졌다.

오디는 뽕나무 열매이다. 지방에 따라 '오둥에'라고도 불린다. 한자로는 '상심(桑椹)', '상실(桑實)', '오심(烏椹)', '문무실(文武實)', '심(葚)', '흑심(黑椹)', '상조(桑棗)', '상심자(桑葚子)', '상립(桑粒)', '상과(桑果)' 등 다양한 이름이 있다. 오디에 관한 최초의 기록은 『시경』에서 확인할 수 있다. 「위풍(衛風)」 〈맹(氓)〉에 "아, 저 비둘기여! 오디는 따먹지 마라.(于嗟鳩兮, 無食桑葚. 우차구혜, 무식상심.)"라고 하였다. 여자가 남자와 놀아난 것을 후회한다는 내용의 시이다. 이 시의 뒤에는 "아! 여자여, 남자와 놀아나지 마라."라는 내용이 이어져 있다. 또 「노송(魯頌)」 〈반수(泮水)〉에 "이리저리 나는 저 올빼미, 저 반궁의 나무숲에 모였도다. 우리 뽕나무 오디를 먹고 좋은 소리로 날 회유하누나.(翩彼飛鴞, 集于泮林. 食我桑黮, 懷我好音. 편피비효, 집우반림. 식아상담, 회아호음.)"라고 하였다. 올빼미가 내는 소리는 그다지 좋지 않은데, 어찌 된 연유인지 알 수 없으나 오디를 먹으면 아름다운 소리를 낸다고 한다. 이처럼 『시경』에 기록된 것으로 보아도 오디는 오랜 세월 인류와 함께한 셈이다.

중국 시인들이 묘사한 오디의 모습을 담아보았다.

오디 막 나오자 버들잎 짙어지고
훈풍은 돌돌 봄의 조화 전해준다.

桑椹初生柳葉稠, 薰風咄咄逼春工.　상심초생유엽조, 훈풍돌돌핍춘공.

「늦봄에 배타고 가다(春晚舟行 춘만주행)」 〈송·이미손(李彌遜)〉

땅에 가득한 붉은 오디

몇 가지에 앉은 꾀꼬리.

滿地紫桑椹, 數枝黃栗留.　　만지자상심, 수지황률류.

「여름 남원에서(夏日南園 하일남원)」〈송·문동(文同)〉

담장머리에 오디 떨어지고

나무 위엔 봄 비둘기 울어댄다.

墻頭桑椹落, 樹上春鳩鳴.　　장두상심락, 수상춘구명.

「산거잡흥(山居雜興)」〈명·정잠(鄭潛)〉

울창한 숲속에 오디 붉고

아득한 수면에 볏모 파릇파릇.

郁郁林間桑椹紫, 芒芒水面稻苗靑.　　욱욱임간상심자, 망망수면도묘청.

「밤에 호당에서 돌아오다(湖塘夜歸 호당야귀)」〈송·육유(陸游)〉

　‘오디’라는 독립된 시제는 보이지 않고 주로 위에서처럼 절기를 환기하는 어휘로 사용되었다. 즉, 붉은 오디는 늦은 봄 혹은 여름이라는 시간적 배경을 지칭한다. 또 꾀꼬리나 봄 비둘기와 같은 새의 등장은 앞서 인용한 『시경』의 내용을 환기하기 위함이다.

　그렇다면 우리 한시에서는 오디가 어떻게 표현되었을까?

여름　허기를 달래주었던 오디

오디 자욱하여 온 마을이 어둑하니

작년 봄 양주의 남쪽 마을 모습이었네.

노복을 시켜 따오라고 했으나 도리어 우스워라

지금 내 나이 일흔임을 잊고 있었다니.

桑椹空濛暗一村, 楊州南里去年春. 　상심공몽암일촌, 양주남리거년춘.

教奴拾取還堪笑, 忘却如今歲七旬. 　교노습취환감소, 망각여금세칠순.

「노복 동지에게 양주로 가서 오디를 따오게 하다(奴童止往楊州拾桑椹 노동지왕양주습상심)」

『식우집(拭疣集)』

조선 전기에 활동한 김수온(金守溫, 1409~1481)의 작품이다. 그의 호는 괴애(乖崖)·식우(拭疣)이다. 시문에 뛰어나 이름이 있었으며 성삼문·신숙주·이석형 등 당대의 석학들과 교유하며 문명을 겨루었던 인물이다. 위의 시는 노복에게 양주의 오디를 따오게 하면서 느낀 감회를 쓴 것이다. 여름은 오디의 계절이다. 그 옛날 동네 어귀에서부터 서너 집 건너마다 있었던 뽕나무에 열매가 맺히는 계절이 되면, 온 마을은 오디의 검붉은 빛으로 반사된다. 작년 봄 양주의 남쪽 마을에서 맛본 오디 생각이 나서 노복을 시켜 따오라고 하였다. 그런데 노복을 보내고 나니 '허허, 내 나이가 이미 칠순이 넘었는데 아직도 먹을 것을 찾다니!'하면서 자신의 행동에 대한 가소로움을 드러내었다. 그러나 칠순이라고 하여 어찌 미각이 없을 수 있겠나. 맛좋은 것을 찾는 것도 인정이요, 나이를 헤아려 자중하는 것도 인정인 것이다. 양주에서 맛본 오디가,

일흔의 나이를 잊게 할 정도로 무척 달았더라는 표현을 이렇게 한 것으로 보인다.

　오디를 품은 뽕나무는 그 쓰임이 다채로웠다. 무엇보다도 뽕잎은 인류의 의생활에 지대한 영향을 끼쳤다. 『주례』에 의하면 가가호호 뽕나무와 삼을 심지 않은 백성에게는 벌금을 물게 하였다. 나라에서 대대적으로 뽕나무를 심도록 장려하였음을 알 수 있다. 그리하여 봄철 뽕잎을 따는 왕후의 친잠례(親蠶禮)는 중요한 국가 의례 중의 하나였다. 초나라와 오나라의 접경 지역에 있던 여자들이 서로 뽕잎을 따겠다고 다투다가 전쟁으로까지 번졌다는 고사가 있는 것으로 보아도, 그것이 갖는 중요성을 알만하다. 뽕잎이 없었다면, 누에가 없었다면 저토록 찬탄해 마지않는 중국의 실크로드가 어찌 탄생하였겠나. 고려 시대 이규보는 「잠찬(蠶贊)」에서 "번들번들한 뽕잎으로 네 몸이 되어 흰 솜을 뽑아내니 따스함이 봄 같아라. 아교(阿膠)가 꺾어지는 된 추위에도 사람이 얼지 않게 되었으니, 아, 너의 솜씨 신기하고도 신기하여라."라고 하였다. 다 이유 있는 찬탄이 아닐 수 없다.

　어디 그뿐인가. 집안에 사내아이가 태어나면 뽕나무로 만든 활을 문에 걸어 두거나, 뽕나무 활에 쑥대로 된 화살을 매어[桑弧蓬矢 상호봉시] 사방 천지에 쏘아 올려 장차 원대한 사업을 이룰 것을 기대하였다. 『춘추전(春秋傳)』에 의하면, "우제(虞祭)의 신주는 뽕나무를 쓴다."라고 하였으니, 뽕나무는 출생뿐 아니라 장례에도 관여하였다. 뽕나무의 껍질은 또 어떠한가. 종이를 만드는 대표적인 원료가 되었다. 인류의 지식과 정보를 저장하는 매체 탄생에 기여한 것이 뽕나무이다. 또, 뽕나무의 가지와 줄기는 바구니를 만드는 데 활용되었다. 누에가 먹던 뽕잎은, 건강식품으로 인기가 있다. 뽕나무의 뿌리인 상백피는 약재로 활용되고 있다. 뽕나무 열매인 오디는 먹을 것이 없었던 시절 구황식물의 역할을 하였다. 이처럼 뽕나무가 가진 유익함은 실로 우리의 생활 전반에 걸쳐 있다. 뽕나무의 어느 것 하나도 버릴 것이 없으니, 이런 귀한 나무가 또 있을까 싶다.

살구꽃 핀 마을이 어드메요?

요사이 우리 집에서 빚은 술이 잘 익어서 향긋하니 마실 만하더이다. 그대
들과 함께 마시고 싶은데 어떠한지요? 지금 살구꽃이 반쯤 피고 봄기운이 완
연하여 사람들을 더욱 다정다감하게 하는데, 이 좋은 계절에 술을 안 마시면
도대체 무얼 하겠습니까. 몇몇 벗들과 함께 오셔서 한잔 마시지요. 그렇지 않
으면 우리 집 술이 며칠 내로 바닥이 나서, 혹 늦게 오시면 물만 마실지도 모
릅니다.

위는 고려 시대 이규보(李奎報, 1168~1241)가 술이 적당하게 익은 데다
가 살구꽃이 반쯤 핀 아름다운 계절이라 술을 아니 마실 수 없겠다면
서, 벗에게 술을 마시자고 청하는 편지글이다. 이규보는 스스로 '삼혹

호선생(三酷好先生)'이라 하였다. 술, 거문고, 시를 몹시 좋아하여 붙인 자호이다. 술이 익고 살구꽃이 핀 봄날이라, 술 마시기에 이보다 더 좋은 때가 없다고 여긴 모양이다. 술은 꽃이 피는 어느 계절과도 궁합이 잘 맞는다. 한겨울 매서운 추위를 뚫고 제일 먼저 봄을 알리는 매화꽃이 환하게 피었을 때, 매화꽃이 지고 붉은 복숭아꽃이 꽃망울을 터트릴 때, 초가을 연못의 연꽃이 청초하게 피었을 때, 서리 내린 뒤 황국이 소담하게 정원을 밝힐 때, 꽃이 핀 어느 때고 술이 있으면 금상첨화다. 그런데 유독 살구꽃이 필 때 마시는 술은 더 풍류가 있어 보인다. 왜 그럴까?

내 묻노니 술집은 어드메쯤 있는가?
목동은 멀리 살구꽃 핀 마을 가리키네.
借問酒家何處有, 牧童遙指杏花村.　차문주가하처유, 목동요지행화촌.

「청명(淸明)」

위는 당나라 두목(杜牧)의 「청명(淸明)」시 일부이다. 청명절은 동지로부터 100일이 되는 음력 4월 5일 경이다. 이때쯤이면 봄이 절정을 이룬다. 특히 살구꽃, 복숭아꽃이 만개하여 온 세상을 환하게 밝힌다. 청명절에 길을 나섰다가 비를 맞은 시인은 비를 피할 겸, 다리도 쉬고 목도 축일 겸 술집을 찾는다. 그러자 목동이 저 멀리 살구꽃 핀 마을을 가리켰다. 이 시가 세상에 나온 이후 '살구꽃 핀 마을'은 술집의 대명사가 되었다. 중국의 술 이름 중에 '행화촌(杏花村)'이 있는 것도 두목의 시에 영향받은 것이다.

소동파도 살구꽃 아래에서 술 마시기를 좋아하였다.

꽃 사이에 술자리 벌이니 맑은 향기 그윽하여라
다투어 긴 가지 휘어잡으니 향그런 꽃눈이 떨어지누나.
花間置酒淸香發, 爭挽長條落香雪. 화간치주청향발, 쟁만장조락향설.

「달밤에 살구꽃 아래에서 손님과 술을 마시면서
(月夜與客飮酒杏花下 월야여객음주행화하)」

달 아래, 시인과 술과 살구꽃이라! 낭만과 풍류가 가득한 조합이 아닐 수 없다. 술을 마시기도 전에 마음은 이미 흠뻑 취해 있을 것 같다. 송나라 때 진여의(陳與義)의 "빗소리에 섞여 살구꽃 소식 전해오네(杏花消息雨聲中 행화소식우성중)"와 같은 시구에서는 수줍으면서 교태가 있는 살구꽃의 모습으로 그려졌다. 그래서 청나라 때의 문학가인 이어재(李漁在)는 '나무의 성질이 살구나무보다 화사한 것은 없다'고 하면서 살구나무를 일컬어 '풍류수(風流樹)'라 하였다. 아마도 화사한 살구꽃에 풍류의 이미지가 덧붙여진 것은 이러한 역사 문화와 연관이 있으리라.

송나라 때의 시인 양만리(楊萬里)는 특히 살구꽃의 색깔에 주목했다. 위에서 소동파는 살구꽃이 눈처럼 희다고 하였지만, 가만히 관찰해보면 살구꽃은 필 때와 질 때의 색이 다르다. 살구나무 가지에서 그 꽃잎을 자랑스럽게, 혹은 요염하게 드러낼 때는 붉은 빛이 많고, 속절없이 지고 말 때에는 흰빛이 많다. 그래서 양만리는 "꽃잎을 희다 말하나 사실 흰 것이 아니요, 붉다 말하나 붉은 것 같지 않네. 그대여, 붉은색 흰색 너머 특별한 안목으로 조물주의 솜씨를 보게나.(道白非真白, 言紅不若紅. 請君紅白外, 別眼看天工 도백비진백, 언홍불약홍. 청군홍백외, 별안간천공.)"라고 하였다. 시인의 관찰에 힘입어 색다른 시가 탄생 된 경우라 하겠다.

> 기장 심을 땅 없어서 갈건은 말랐는데
> 시름 생각 하 많아서 마음 편치 않네.
> 문 앞에 활짝 핀 살구나무 있으니
> 길 가는 이는 응당 술집인 줄 알리.
>
> 無田種秫有巾乾, 多少離騷懷未寬. 무전종출유건건, 다소이소회미관.
> 惟有門前緋杏樹, 行人應擬酒家看. 유유문전비행수, 행인응의주가간.
>
> 「살구꽃(杏花 행화)」 『지산집(芝山集)』

위의 시는 조선 중기 때의 문신 조호익(曺好益, 1545~1609)의 작품이다. 옛 시인치고 애주가 아닌 이가 드물었다. 「도화원기」, 「귀거래사」 등을 남긴 진나라 때의 전원시인인 도연명 역시 대단한 애주가였다. 그는 팽택의 현령으로 있으면서 곡식을 심을 수 있는 공전(公田)에 온통 기장을 심으라 했다. 기장은 술을 만드는 재료이기 때문이다. 그러나 위의 시를 지은 시인은 도연명처럼 술을 좋아하지만 기장 심을 땅이 없어서 마음이 편치 못하다. 또 문 앞 살구나무에 꽃이 활짝 펴서 지나는 나그네는 틀림없이 이 집을 술집으로 여길 것이라 했다. 앞의 1, 2구에 서는 도연명의 고사를, 뒤의 3, 4구에서는 두목의 시를 끌어와 시화하 였다. 애주가인 시인이 살구꽃 핀 봄날에 한 잔 술을 몹시 기대하고 있 음을 알 수 있다.

성안에서 꽃을 볼 젠 꽃이 다 져갔는데
산에 와 다시 보니 살구꽃이 새로 폈네.
풍류를 좋아하는 죄를 어이 면하리오
인간 세상 두 번의 봄 훔쳐서 보았는걸.
城裏看花花欲盡, 入山更見杏花新.　성리간화화욕진, 입산갱견행화신.
自知難貰風流罪, 偸占人間兩度春.　자지난세풍류죄, 투점인간양도춘.
「쌍곡에 들어섰더니 살구꽃이 막 피고 있기에(入雙谷杏花方開 입쌍곡행화방개)」

『농암집(農巖集)』

조선 시대 문인인 농암 김창협(金昌協, 1651~1708)의 시다. 봄이 왔다고 하여 꽃이 일제히 피는 것은 아니다. 따뜻한 곳은 좀 더 일찍 꽃이 피 고, 조금 덜 따뜻한 곳은 그보다 늦게 핀다. 성안에는 이미 꽃이 다 지 고 있는데 쌍곡 깊은 골짜기에는 살구꽃이 새로이 피었다. 그러니 시 인은 봄을 두 번 본 셈이다. 인간 세상에 허락된 봄은 딱 한 번뿐인데 두 번이나 보았으니, 이 죄를 어이하리. 성안에서 꽃을 보고 다시 쌍곡에서 살구꽃을 본 기쁨을 이렇게 에둘러 표현한 것이다. 쌍곡은 괴산 군 칠성면에 위치한 계곡으로 예로부터 산수가 수려하여 시인묵객의 발길이 끊이지 않는 곳이다.

이처럼 옛 시에는 살구꽃이 풍류와 연관된 것이 많다. 물론 이처럼 살구나무가 풍류수로서 각인된 한편 '행단(杏壇)'과 '행림(杏林)'의 성어 에서 보이듯 '강학'과 '의술'의 의미로도 쓰였다. 공자가 행단(杏壇) 아 래에서 거문고를 연주하고 제자들이 책을 읽었다고 하여 훗날 '행단' 은 공자가 강학하던 곳이라는 의미로 전용되었다.(※우리나라에서는 행 단(杏壇)을 살구나무가 아닌 은행나무로 보았다. 현재 성균관에 오백 년 된 은행 나무가 있는 것이 그 증거이다. 그러나 이유원(李裕元)이 저술한 『임하필기(林下筆 記)』에 "행단의 '행(杏)'을 세인들은 은행나무라고 한다. 내가 일찍이 문회서원(文 會書院)에서 중국의 행단도를 보았는데, 바로 살구나무였다. 공자가 여러 제자를 거느리고 나무 아래에서 강학하는데, 꽃이 선명하고 예쁘게 피었고, 수백 그루나 되어 강단도 그에 따라서 넓었으므로, 과연 장관이었다. 뒤에 문정공(文定公) 손 가감(孫嘉淦)의 남유기(南遊記)를 보니, "곡부(曲阜)에 들어가 행단에 오르니 붉은 꽃이 한창 피었다."하였다. 이것을 가지고 본다면 살구나무라는 것은 의심할 여 지가 없다."라고 한 것을 참고한다면, 살구나무가 분명하다.)

또 '행림(杏林)'은 의술을 가리킨다. 중국 오(吳)나라의 동봉(董奉)이 사람들의 병을 치료해 주고 치료비를 받는 대신, 중병을 치료받은 자 는 살구나무 다섯 그루를 심게 하고, 가벼운 병을 치료받은 자는 한 그 루를 심게 했더니만 수년 뒤에 온 숲이 살구나무로 덮였다는 고사에서 나온 것이다.

그렇다면 한시에서 살구는 어떤 맛으로 그려졌을까? 살구꽃을 시적 소재로 한 경우는 많지만, 과실로서 주목한 시는 그리 많지 않다. 다음의 시를 인용해 본다.

> 우랑 집에서 동실동실한 살구를 보내와
> 살살 씹으니 늙은이 이가 절로 시리네.
> 씨 속의 알맹이 꺼내어 석청에 타놓으니
> 여름날 금쟁반에 가득한 양젖과도 같네.
>
> 牛郎家送杏團團, 細嚼衰翁齒自酸.　우랑가송행단단, 세작쇠옹치자산.
> 劈核得仁調石蜜, 暑天羊酪滿金盤.　벽핵득인조석밀, 서천양락만금반.

> 비단 부채 바람 일고 밝은 달은 두둥실
> 정신이 서로 통해 괴로움을 씻어 주니
> 걱정거리 소갈증도 염려할 것 없어라
> 한나라의 승로반보다 월등히 낫고말고.
>
> 紈扇風生碧月團, 精神交暢洗辛酸.　환선풍생벽월단, 정신교창세신산.
> 不愁消渴爲人患, 絶勝漢庭承露盤.　불수소갈위인환, 절승한정승로반.
>
> 　　　　　　「살구를 읊다(詠杏 영행)」『목은집(牧隱集)』

위는 고려 말에 활동했던 정치가이자 문학가인 목은 이색(李穡,

1328~1396)의 시로, 우랑(牛郎)이 보낸 살구를 보고 읊은 것이다. 우랑은 누군지 알 수 없다. 살구는 그 모양이 동글동글하고 살은 탱탱하여, 씹으면 달고도 새콤하다. 매실만큼 새콤하지는 않으나 입안에 침이 고일 정도이니, 노인에게는 이가 시릴 수 있다. 과육은 그대로 먹어도 좋지만 석청에 타면 달달하고, 새콤한 맛과 조화를 이룬다. 첫 번째 시에서는 살구의 모양과 맛과 음용법이 간단하게 소개되었다면, 두 번째 시에서는 살구의 효능이 소개되었다. 위의 시에 보이는 '소갈증'은 현대 병명으로 '당뇨병'이다. 살구에는 단백질, 칼슘, 인 등 미네랄이 풍부하고, 비타민A와 C가 함유 되어 있는 건강식품이다. 또한 갈증 해소에도 도움이 되는 과실이라 소갈증을 염려하지 않아도 된다. 특히 살구는 감기나 폐결핵, 부종에 좋고 항암작용이 있다고 한다. 살구씨를 '행인(杏仁)'이라 하는데 한의에서 폐나 기관지를 개선하는 효과가 있다고 하여 약재로 쓰이고 있다. 마지막 구에 보이는 '승로반'은 한 무제가 신선술에 도취되어 수명을 늘려 보려고 감로수를 받기 위해 만든 구리 쟁반이다. 살구를 장기 복용하면 장수에 도움이 된다고 하니, 한 무제의 승로반보다 낫다고 한 것은 과장하여 한 말이 아닐 것이다.

해마다 청명절 즈음이면 어김없이 살구꽃이 화사하게 피어난다. 살구꽃 핀 마을 어디쯤엔가 있을 술집을 찾아 나서는 낭만객이 이 시대에도 틀림없이 있을 터. 그들의 시 주머니에도 두목, 소동파 같은 시인들에게서 볼 수 있는 시적 감수성과 자연에 대한 사랑이 담긴 시가 가득할까? 아마도 그러하리라. 살구꽃이 지고 난 그 자리에 황금빛 탄환 같이 동실동실한 살구가 익으면 역시 길가는 나그네의 발길을 멈추게 하리라.

여름 살구꽃 핀 마을이 어드메요?

불로장생의 선과, **복숭아**

    '삼천갑자 동방삭(三千甲子東方朔)'이라는 말이 있다. 중국 전한(前漢) 때의 동방삭이 갑자년을 삼천 번 겪고 무려 18만 살이나 살았다고 하는데, 장수하는 사람을 비유적으로 이르는 말이다. 그런데, 동방삭이 이토록 장수하게 된 배경은 무엇일까? 중국에 서왕모라는 전설상의 선녀가 있었다. 항아가 서왕모의 불사약을 훔쳐 먹고 달로 도망쳐서 신선이 되었다는 이야기가 널리 유전되고 있다. 서왕모에게는 3천 년에 한 번 꽃이 피고 3천 년에 한 번 열매를 맺는다는 복숭아가 있다. 그것을 먹으면 불로장생한다고 하였다. 동방삭이 바로 서왕모의 이 복숭아를 훔쳐 먹어서 그토록 장수하게 되었다는 것이다. 『태평광기(太平廣記)』에 나오는 이야기이다.

복숭아가 언제부터 재배되기 시작하였는지 정확하게 알 수 없지만, 복숭아가 『시경(詩經)』에 기록된 것으로 보아 장구한 역사를 짐작할 수 있다. 그러니까 중국은 복숭아의 고향인 것이다. 『예기』에는 복숭아를 신선에게 제사 지내는 오과(五果) 중의 하나라고 하였다. 오과란, 오얏, 매실, 살구, 대추, 복숭아 등을 말한다. 복숭아는 그 역사가 오래되었을 뿐만 아니라 수종도 다양하다. 송대의 『낙양화목기(洛陽花木記)』에는 30여 종, 명대의 『군방보(群芳譜)』에는 40여 종이 있다고 소개하였다. 몇 가지 수종을 예로 들어보면, 진도(秦桃)·사도(榹桃)·상핵도(緗核桃)·금성도(金城桃)·시문도(柴文桃)·동도(冬桃)·추도(秋桃)·양도(襄桃)·적도(赤桃) 등등이 있다.

복숭아의 기원이 오래되다 보니 그와 관련된 문헌이 제법 많다. 복숭아를 노래한 역대의 한시 작품도 적지 않다. 그중에 몇 편을 소개해 본다.

작은 복숭아 막 익어 푸르고 동글동글한데
흰 과육 살살 씹으니 이와 볼이 시리어라.
동방삭과 소아가 몇 번이나 훔쳐 먹었던고
봉래산은 붉은 구름 끝에 희미하기만 하네.
小桃初熟碧團團, 細嚼氷肌齒頰寒. 소도초숙벽단단, 세작빙기치협한.
方朔小兒偸幾度, 蓬萊縹渺紫雲端. 방삭소아투기도, 봉래표묘자운단.

「작은 복숭아(小桃 소도)」 『목은집(牧隱集)』

고려 후기의 학자 이색(李穡, 1328~1396)의 작품이다. 여기에도 동방삭이 나온다. 한나라 때 동도(東都)에서 키 작은 사람이 복숭아를 바쳐 오자, 한 무제가 동방삭을 불러 물었다. 동방삭이 그 사람을 손가락으로 가리키며 말하기를, "서왕모가 복숭아나무를 심어서 3천 년 만에 한 번 열매가 열렸는데, 이 아이가 불량하여 이미 세 개나 훔쳐 먹었습니다."라고 했다. 역시 전설상의 이야기다. 그 키 작은 사람이 위의 시에서는 소아(小兒)이다. 마지막 구의 봉래산은 동해 가운데에 있다는 삼신산의 하나이다. 이곳에 신선이 살고 불사약이 있다고 한다. 진나라 때 서복이 진시황의 명을 받아 동남동녀 3천 명을 데리고 불로초를 캐러 갔다가 돌아오지 않은 곳이 삼신이라고 한다. 복숭아가 선과(仙果)라서 신선이 산다는 봉래산을 끌어다 쓴 것이다.

금모 선궁의 벽옥 같은 복숭아를
세 번 훔친 동방삭은 너무 노고 많았지.
벗이 내게 선물해 준 고운 마음 진중도 해라
검정 솜털 한 입 먹자 경장의 맛이었지.
金母仙宮碧玉桃, 三偸方朔太多勞.　금모선궁벽옥도, 삼투방삭태대로.
故人贈我情珍重, 一嚼瓊漿黑雪毛.　고인증아정진중, 일작경장흑설모.
「윤자장이 복숭아를 보내왔기에 사례하다(謝尹子長惠桃 사윤자장혜도)」『오산집(五山集)』

오산 차천로(車天輅, 1556~1615)의 시다. 금모(金母)는 바로 전설 속의 여신 서왕모이다. 여기서 시인은 복숭아의 맛을 '경장(瓊漿)'이라 하였다. 경장은 신선이 마시는 좋은 술이나 음료를 말한다. 그만큼 복숭아의 맛이 좋다는 뜻으로 쓰였다.

복숭아는 과일뿐만 아니라 그 꽃도 세인으로부터 많은 사랑을 받았다. 화사하고 붉게 핀 복숭아꽃은 봄을 상징한다. 만약 복숭아꽃이 없는 봄을 상상한다면, 얼마나 무료할까? 아지랑이 피어오르는 봄의 들녘이 영 쓸쓸할 것만 같다. 복사꽃이 흐드러지게 핀 골짜기를 '도원(桃園)'이라 한다. '도원'은 종종 '이상향', '유토피아(utopia)'의 의미를 지닌다. 이것은 진나라 도잠의 '도화원기(桃花源記)'에서 유래하였다. 진(晉)나라 때 무릉의 한 어부가 복사꽃이 만개한 골짜기를 따라 올라갔다가 뜻밖에 평화로운 한 마을을 만났다. 이 마을 사람들은 진(秦)나라의 난리를 피해 이 골짜기에 들어온 사람들인데, 진나라가 망하고 왕조가 몇 차례 바뀐 사실조차 모른 채 평화롭게 살아가고 있었다. 마을 사람들로부터 술과 밥을 융숭하게 대접받고 며칠을 묵은 뒤에 그들과 작별하고 떠나 왔다. 사람들은 자기들이 사는 마을을 세상에 알리지 말아 달라고 부탁하였다. 그러나 어부는 이 마을을 다시 찾아올 요량으로 군데군데 표식을 해 두었지만, 결국 도화원으로 가는 길을 찾지 못했다. 그리하여 복숭아꽃이 핀 골짜기는 가고 싶지만 닿을 수 없는 그런 '이상향'이 되었다.

훗날, 이백(李白)의 "복사꽃 그림자 물에 잠겨 아득히 흘러가니, 여기는 별천지요 인간 세계 아니라네.(桃花流水杳然去, 別有天地非人間. 도화유수

묘연거, 별유천지비인간.)"라든가, 한유(韓愈)의 "복숭아 심어 곳곳마다 꽃을 피우니, 멀고 가까운 천원에 붉은 놀이 낀 듯하네.(種桃處處惟開花, 川原遠近 蒸紅霞. 종도처처유개화, 천원원근증홍하.)"라든가, 장지화(張志和)의 "서새산 앞 으로 백로가 날고, 복숭아꽃 흐르는 물에 쏘가리가 살졌도다.(西塞山前白 鷺飛, 桃花流水鱖魚肥. 서새산전백로비, 도화유수궐어비.)"라는 명문이 나온 것도, 도잠의 '도화원기(桃花源記)'에 힘입은 것이다. 그뿐인가, 한국 미술사의 불후의 명작이라 일컫는 안견의 「무릉도원도(武陵桃源圖)」도 '도원'이 소재가 된 것이 아닌가. 문학을 포함하여 예술계 전반에 걸친 도잠의 영향은 일일이 열거할 수 없을 정도로 무수하다.

우리나라 역대 시문집에도 복사꽃이 소재가 된 한시가 많다. 그중 에 몇 구절을 소개해 보면 이렇다.

온종일 대문 앞은 찾는 이 하나 없는데
복사꽃 활짝 피어 담장에 고개 내밀었네.
盡日門前人不到, 碧桃花發出墻頭.　진일문전인부도, 벽도화발출장두.
　　　　「이상공의 옛 저택에 들러(過李相公舊宅 과이상공구택)」『계곡집(谿谷集)』

춘정을 자아내는 붉게 물든 저 복사꽃
불 모양 훤하게 대나무 발에 비치네.
小桃紅艶漾春情, 照著筠簾火樣明.　소도홍염양춘정, 조저균렴화양명.
　　　　「일반아. 붉은 복사꽃을 읊다(一半兒 詠紅桃 일반아영홍도)」『다산시문집(茶山詩文集)』

아무도 찾지 않는 이의 집 담장 너머에 활짝 핀 복사꽃을 노래했다. 아무도 찾지 않는다고 하였으니 쓸쓸함과 외로움이 드러나 있다. 그럼에도 이 시가 한없이 쓸쓸하거나 외롭지 않음은 화사한 복사꽃 탓이리라. 아련한 슬픔 같은 것이 아지랑이처럼 떠도는 그런 봄날의 정취가 느껴진다. 뒤의 시구는 앞의 시구와는 상반되게 격정이 느껴진다. 분홍빛의 복사꽃에는 춘정이 깃들어 있다. '이화에 월백할' 때만이 춘심이 일렁이는 것은 아니다. 복사꽃에는, 춘정을 가슴에 가득 안고 달밤을 서성이는 어린 아가씨의 발그레한 뺨이 연상된다. 붉게 물든 복사꽃이 불처럼 환하게 대나무 발을 비치고 있다고 하였다. 표현은 다르지만, 마치 '모든 꽃은 하나의 불꽃'이라는 가스통 바슐라르(Gaston Bachelard)의 사고와 닿아 있는 듯하다.

과일의 씨가 대개 그러하듯, 복숭아씨도 약재로 활용된다. 복숭아씨는 도인(桃仁)이라고 하여 어혈을 제거하거나 변비에 효과가 있다. 또한 미용에도 효능이 있다. 『본초강목』에는 피를 잘 통하게 한다고 소개되어 있다. 우리 속담에 '귀신에 복숭아나무 방망이'란 말이 있다. 귀신이 복숭아나무를 무서워한다고 하여, 무엇이든 그것만 보면 꼼짝 못하게 되는 경우를 비유적으로 이르는 말이다. 예로부터 복숭아나무는 귀신도 무서워할 정도로 영통함을 지닌 선목(仙木)으로 여겼다. 그래서 무속신앙에서 복숭아나무를 활용한 여러 가지 무구(巫具)를 사용하는 것이다.

그러고 보니, 복숭아는 열매, 꽃, 씨앗, 가지에 이르기까지 우리 식생활과 문화 등 다방면에 걸쳐 많은 영향을 미친 과실수임에 틀림없다.

양기를 돕게 하는 **복분자**

　　복분자는 어찌하여 복분(覆盆)이라 이름하였을까? 세간에는, '이것을 많이 먹으면 소변 줄기에 힘이 생겨 요강이 뒤집어진다'는 뜻에서 이름한 것이라고 하였다. 조선 시대 『산림경제(山林經濟)』에는 "5월이 채취할 때이다. 어느 정도 익은 것을 따서 뜨거운 햇볕에 말렸다가 사용할 때에 껍질과 꼭지를 제거하고 술에 찌면 신정(腎精)을 보익하고 소변을 원활하게 한다."라고 소개하고 있고, 또 『본초정의(本草正義)』에 "복분자는 자양강장제 성분으로 맛은 약간 신맛을 띠고 있다. 소실된 음기를 모아서 정액을 만들어 준다. 신장을 이롭게 하고 소변을 순조롭게 하여 이것을 복용하면 요강이 뒤집어진다. 말이 좀 그렇지만 상당히 일리 있다."라고 하였으니, 이 열매가 정력에 도움이 된

다고 굳게 믿는 민간의 설이 틀리지 않음을 알 수 있다. 그래서 복분자
는 일종의 과일이지만 한의에서 약재로 분류된다. 그 별칭도 '현구자
(懸鉤子)', '복분(覆盆)', '복분매(覆盆莓)', '수매(樹梅)', '야매(野莓)', '목매(木
莓)', '오표자(烏薦子)', '소탁반(小托盤)' 등 다양하다. 어떤 것은 복분자가
가시나무 떨기에 매달려 있는 모양을, 혹은 동글고 까맣게 잘 익은 모
양을, 딸기와 비슷한 모양을, 꽃의 모양을 보고서 명명한 것인 듯하다.
우리말로는 '고무딸기' 혹은 '산딸기'라고도 한다.

　　그렇다면 옛 시인들의 작품에는 복분자가 어떻게 묘사되었을까?
우선 고려 말기의 문신이자 학자인 이익(李穡, 1328~1396)의 시를 인용해
본다.

> 산딸기 무르익어 온 산이 훤한데
> 등암사 가던 일이 기억나누나.
> 갑작스러운 소낙비로 옷은 다 젖었지만
> 십분 맑은 흥취가 평생에 으뜸이었지.
>
> 覆盆爛熳映山明, 記得燈巖路上行.　복분난만영산명, 기득등암로상행.
> 暴雨忽來衣盡濕, 十分淸興蓋平生.　폭우홀래의진습, 십분청흥개평생.
>
> 「산딸기가 익어서 나무꾼이 이것을 따왔으므로, 인하여 등암사 가던 일을 생각하다
> 　　　　(覆盆子熟樵者採以來因憶燈巖行 복분자숙초자채이래인억등암행)」『목은고(牧隱藁)』

나무꾼이 따온 산딸기를 보고서 등암사에 올라갔던 때를 생각하였

다. 등암사는 황해도 배천군의 천등산에 있던 절이다. 산속 깊숙한 곳에 자리 잡은 등암사를 찾아나서는 도중에 갑작스럽게 소낙비가 쏟아졌다. 구불구불 이어진 오솔길에 급한 비를 피할 곳이 없어, 한순간에 옷이 흠뻑 젖고 말았다. 비에 젖은 모양새가 볼품없었지만, 그때의 맑은 흥취는 결코 잊을 수가 없다. 세상살이에 소낙비를 맞을 때가 더러 있다. 어쩌다 후루룩 지나가는 소낙비를 맞고 나면 가슴 속에 쾌감이 일어난다. 마치 티끌 먼지가 한꺼번에 씻겨 내려가듯 몸에 덧씌워진 때가 벗겨지는 듯하다. 아마 그때 길게 늘어진 가시덤불 사이로 무르익은 산딸기가 온 산을 붉게 비추고 있었을 것이며, 함초롬히 비에 젖은 산딸기가 보석처럼 빛나고 있었을 것이다. 맑은 흥취가 언제나 고요함에서 빚어지는 것만은 아니다. 죽비로 힘껏 내리치듯 온몸으로 비를 맞고 났을 때에도 알 수 없는 흥취가 일어난다. 이 시는, 맑은 흥취가 산딸기의 붉은 이미지와 결합이 되어 청초하면서도 산뜻한 분위기를 연출하고 있다.

조선 중기의 학자 허백당 성현(成俔, 1439~1504)의 작품에도 복분자가 보인다.

숲을 두른 푸른 넝쿨엔 새벽이슬 축축하고
주렁주렁 수많은 열매는 연단을 찍어 놓은 듯.
향긋하고 연한 열매 이미 맛이 들었는데
은은한 단맛에 신맛까지 띠었구나.

용안은 굳이 비단 껍질 벗길 것 없거니와
앵두는 하필 금쟁반에 올릴 필요 있으랴.
마침내 이것을 꿀물에 버무려 마신다면
사마상여의 갈증 나는 혀를 충분히 적셔 주리.

翠蔓縈林曉露溥，累累萬顆點鉛丹.　취만영림효로단, 루루만과점연단.

旣凝芳脆還成味，半帶微甘又剩酸.　기응방취환성미, 반대미감우잉산.

龍眼不須披錦殼，鶯桃何必薦金盤.　용안불수피금각, 앵도하필천금반.

竟將崖蜜和漿飮，足慰相如渴舌乾.　경장애밀화장음, 족위상여갈설건.

「복분자(覆盆子)」『허백당집(虛白堂集)』

　　복분자에 대한 대체적인 정보가 담겨 있는 시이다. 넝쿨 식물에 주
렁주렁 달린 빨간 열매, 그 맛은 달면서 시다. 용안이나 앵두처럼 동글
동글하지만 껍질을 벗길 필요도 없고 쟁반에 올릴 것도 없는 그런 과
일이다. 꿀물에 버무려 마시는 방법과 그 효능까지 알려주고 있다. 복
분자는 한나라 문장가인 사마상여가 앓았던 소갈증 즉 당뇨병에 도움
이 된다 하였다. 사마상여는 글을 아주 잘 지었으나 만년에 소갈증으
로 고통을 겪었다. 아내 탁문군과 결혼한 이후 생활이 나아지자 병을
치유한다는 핑계로 벼슬을 버리고 한가로운 생활을 하였던 인물이다.
과일을 소개한 시를 보면, 사마상여의 소갈증은 단골 메뉴처럼 등장한
다. 그만큼 과일과 소갈증이 관계가 깊으며, 우리 몸에 좋다는 의미일
것이다.

옛적 백사 이항복(李恒福, 1556~1618)이 복분자를 무척 좋아하여 평시에는 물론 병중에도 즐겨 먹었다. 그러자 어떤 이가 만류하니, "나는 세상에 오래 살고 싶지 않은 사람이다. 그러니 어찌 입에 맞는 음식을 안 먹을 수 있겠느냐!"라고 했다 한다. 『북천록(北遷錄)』에 전하는 이야기이다. 북청 유배지에서 졸한 나이가 63세였으니, 장수하였다고는 할 수 없지만 당시의 수명으로 보자면 평균 이상은 되지 않나 싶다. 평소 좋아하는 음식이 건강과 수명에 미치는 영향을 고려해 보건대, 복분자를 좋아한 것이 그를 더욱 건강하게 한 것으로도 볼 수 있다. 복분자는 양기를 돕고 신장을 튼튼하게 하는 약리적 효과가 있기 때문이다.

이번에는 매천 황현(黃玹, 1855~1910)의 시를 살펴본다. 그는 1910년 한일합병조약 체결로 인해 비통한 나머지 절명시를 남기고 56세의 나이에 자결한 지사로 널리 알려져 있다.

한 골짜기 맑은 시내에 흰 구름 두둥실
이슬 드리운 등라 넝쿨 온통 푸릇푸릇
숲속 햇살 아래 산중의 벌 윙윙대는데
코 찌르는 달콤한 향 온통 산딸기로다.
一洞清溪一洞雲, 藤蘿垂露翠紛紛.　일동청계일동운, 등라수로취분분.
林間日射山蜂沸, 撲鼻甘香盡覆盆.　임간일사산봉비, 박비감향진복분.

「산딸기를 따다(採覆盆子 채복분자)」『매천집(梅泉集)』

흰 구름 가득한 맑은 시냇가, 이슬을 드리우고 있는 푸른 등나무 넝쿨 언저리에 산벌이 요란스레 들끓고 있다. 한여름의 정취가 물씬 풍긴다. 벌떼들이 왜 이리 시끄러울까? 지천에 깔린 붉은 산딸기의 달콤한 향을 쫓아왔기 때문이다. 이 시에는, 흰 구름, 푸른 넝쿨, 붉은 산딸기가 주는 시각적 이미지와 윙윙거리는 산벌이 내는 청각적 이미지, 코를 찌르는 달콤한 향의 후각적 이미지가 결합되어 있어 매우 생기발랄하다. 3, 4구의 쏘다[射], 끓다[沸], 찌르다[撲] 등과 같은 서술어를 통해 위축되지 않은 활달한 기상이 드러나 있음을 알 수 있다. 위의 시는 1895년 그의 나이 41세에 쓴 것이다. 비록 위의 시가 황현을 대표하는 수작은 아니지만, 창강 김택영이 말한 "매천의 시는 대단히 맑고 회오리바람처럼 강경한 풍격"이 있다는 평에서 벗어나지 않아 보인다. 매천의 시집에는 위에서 소개한 시편 외에도 "꿩은 놀라 깍깍대며 풀숲에서 푸드득 날고, 주렁주렁 수많은 딸기 진주처럼 붉어라.(雉驚格格叢莽翻, 蓬藟萬朵眞珠紅. 치경격격총망번, 봉류만타진주홍.)"라든가 "주렁주렁 잡다한 열매 익었는데, 이름 아는 건 산딸기뿐.(纍纍雜蓏熟, 識名惟覆盆. 유류잡라숙, 식명유복분.)"과 같이 복분자를 노래했다.

복분자는 대개 5월에 채취한다. 이 과실이 나오면 궁궐이나 관청에 보내지기도 하고, 제물(祭物)로 쓰이기도 했다. 5월 단오에 일본 사신이 조선 사신 일행에게 "친히 문안을 하고 풀잎에 싼 밥과 복분자를 바쳤다"는 『계미동사일기(癸未東槎日記)』의 기록이 있다. 또한 중국 송나라 때 문장가인 소식이 복분자를 따서 보내준 것에 대해 감사의 편지를 보낸 것이 있다. 행서로 쓰인 일명 「복분자첩(覆盆子帖)」은 현재 대만 고궁박물관에 보관되어 있다. 이러한 자료로 보건대 여름철 산과 들에서 쉽게 볼 수 있는 복분자이지만, 예우의 물품으로서도 손색이 없었던 과실임을 알 수 있다.

숙취에 좋은 포도

또 포도를 말한다. 늦여름과 초가을 사이에 먹기 딱 좋다. 아직 더위가 가시지 않고 어젯밤 마신 술이 깨지 않았을 때 이슬에 젖은 포도를 먹으라. 달달하지만 질리지 않고, 새콤하지만 물리지 않으며, 서늘하지만 차갑지 않으며, 맛은 깊고 즙이 많아 번뇌를 없애주고 갈증을 해소해준다. 또 술로 빚으면 누룩으로 만든 술보다 달고, 금방 취하지만 또 금방 깬다. 포도를 말하자니 벌써 입안에 침이 가득 고이는데, 직접 먹으면 어떠할까. 남방의 여지와 용안이 맛있다고는 하나 어찌 포도와 상대가 되겠나.

위의 글은 위(魏)나라 초대 황제인 문제(文帝)가 신하들에게 포도에 대해 말한 내용으로, 『예문유취(藝文類聚)』에서 발췌한 것이다. 위 문제는 조조의 아들 조비(曹조)이다. 그는 학문과 무예를 겸비한 인물이었다. 특히 중국문학사에서는 아버지 조조, 아우 조식과 함께 문학에 뛰어나서 '삼조(三曹)'로 일컬어졌으며, 중국문학 비평의 선구자로 간주하였다. 위의 글에서도 알 수 있듯이, 조비는 중국 역사상 포도를 가장 사랑하였던 인물이다. 그는 일찍이 '삼대의 귀족은 어떤 옷을 입어야 하는지 소상히 알아야 하고, 오대의 귀족은 어떤 음식을 향유해야 하는지 알아야 한다'고 말한 바 있다. 그는 대단한 미식가요 애주가였다. 특히 포도주를 매우 좋아하였다고 한다. 어쩌면 포도주 품평을 할 줄 알았던 중국 최초의 '소믈리에(Sommelie)'일지 모른다. 그러니 조비야말로 오대 귀족에 해당할 것이다. 그는 깨어 있을 때나, 독서할 때나, 여인과 가까이 있을 때나 늘 포도를 가까이 두고 먹었다. 특히 숙취 해소를 위해 이슬에 젖은 포도를 먹으라고 신하들에게 권장하였다. 중국의 사극에서 조비의 손에 항상 포도가 들려 있는 것은 이러한 이유 때문이다.

조비는 어찌하여 그토록 포도를 사랑하였을까, 포도에 어떤 기능이 있는 것일까? 한의에서는 "포도는 기혈을 보하고 근육과 뼈를 튼튼하게 하고 뜻을 강하게 하며 사람을 살찌게 하고 배고픔을 견디게 하며, 기침을 멈추고 번열을 없애준다."라고 되어 있다. 현대의 영양학적 측면에서 다시 보면, "포도에 다량으로 함유되어 있는 신맛은 소화작용을 돕고 많이 먹으면 비장과 위를 튼튼하게 한다. 칼슘, 칼륨, 인, 철, 포도당, 단백질과 다양한 비타민이 함유되어 있다. 포도 속에 들어 있는 플라보노이드는 일종의 강력한 항산화제로 노화 방지에 도움이 된다."고 한다. 조비가 포도를 사랑한 이유를 알 것 같다.(그러나 참으로 안타깝게도 그토록 포도를 사랑하였던 천하의 조비는 그 수명이 40세에 불과했다. 포도보다는 포도주와 같은 주류를 지나치게 마신 것이 원인이 아닐까, 추정하는 설이 있다.)

동양화에서 포도는 전통적인 소재로 쓰였다. 포도송이가 넝쿨 채 주렁주렁 달려 있는 그림에는 '연년유여(年年有餘)'의 뜻이 담겨 있다. 해마다 여유가 있고 풍년이 들기를 바란다는 뜻이다. 명나라 때 시서화 모두에 능하였던 서위(徐渭, 1521~1593)가 그린 포도화와 제시(題詩)는 제법 유명하다.

불우한 반평생 이미 늙은이 되어
홀로 서재에 서서 저녁 바람에 휘파람 부네.
붓끝에 밝은 구슬 팔 곳이 없어
심심해서 덩굴 속에 툭 던져버렸네.
半生落魄已成翁, 獨立書齋嘯晚風.　　반생락백이성옹, 독립서재소만풍.
筆底明珠無處賣, 閒抛閒擲野藤中.　　필저명주무처매, 한포한적야등중.

대개 포도화를 보면 탱글탱글한 포도송이가 생동감 있게 그려져 있다. 그림 속 포도 한 송이를 따서 입에 넣으면 상큼한 포도즙이 입 안을 가득 적실 것 같다. 그런 그림에는 "광주리에 가득한 동글동글한 검은 열매 매끄러워, 입에 넣으니 달콤한 향기 빙옥처럼 차가워라

(滿筐圓實驪珠滑, 入口甘香冰玉寒. 만광원실여주활, 입구감향빙옥한)"와 같은 화제가 어울린다. 이는 원나라 때 정윤서(鄭允端)의 포도시의 한 구절이다.

그렇다면 위에서 인용한 시는 어떠한가? 평생을 불우하게 보낸 늙은이가 혼자 서재에서 휘파람 불다가 붓을 들어 그림 그리는 모습이 표현되어 있는데, 쓸쓸하고 스산하고 울적한 분위기가 압도적이다. 왜 그럴까? 이 시에는 바로 스산한 시인의 인생 역정이 담겨 있기 때문이다. 그는 문학과 서법, 그리고 미술 분야에서 상당한 수준의 작품을 창작하였는데, 특히 수묵화에 일가를 이루어 '청등화파(青藤畵派)'라 일컬어졌다. 그러나 과거시험에 번번이 낙방함으로써 의도했던 관계 진출을 하지 못한 채 매우 불우하게 일생을 살았다. 설상가상으로 광기(狂氣)가 발동하여 자해를 시도한 적도 있고 아내를 살해하기까지 했다. 70세가 넘어서까지 그림을 그렸던 것은 오로지 생계를 유지하기 위함이었다. 이러한 불우한 삶이 시와 포도화에 그대로 녹아 있는 듯하다. 그의 묵포도화는 조화로운 흑백의 대비, 간결한 터치를 통해 매우 유려하게 그려졌다. 마음 내키는 대로 자유자재로 붓을 휘두른 것 같은데, 상하좌우의 공간을 의도적으로 배치한 듯 조화로움이 느껴진다. 축축 늘어진 포도 덩굴은 마치 초서를 휘갈겨 쓴 것 같다. 발묵 기법으로 넓게 퍼지게 그린 포도잎은 다소 몽환적이다. 거기에 대롱대롱 달려 있는 포도송이는, 길고 긴 운명을 애써 견뎌 온 시인 자신인 것처럼 그려져 있다. 우아하면서 슬픔이 배어 있는 듯하다. 역대 포도화 중에 수작이라 할 수 있다.

(다시 본론으로 들어가서) 그렇다면 우리가 먹는 포도는 언제 들어왔을까? 시기는 정확하지 않지만 중국에서 건너온 것만은 확실하다. 한 무제 때 장건(張騫)이 서역에 사신으로 갔다가 가지고 온 것이라는 게 통설이다. 서역은 좁게는 신강 지역, 넓게는 서부 아시아와 인도 등을 일컫는다. 포도는 그 종류가 많게는 몇천에 이른다. 문헌에 자주 등장하는 포도를 소개해 보면, 포도가 말의 젖과 흡사하다고 하여 붙여진 '마유포도(馬乳葡萄)', 수정처럼 맑은 빛을 띠는 '수정포도(水晶葡萄)', 동글동글한 모양의 '초룡주(草龍珠)'와 '산호로(山葫蘆)', 자주색을 띤 '자포도(紫葡萄)' 등이 있다.

옛날 사람들은 포도를 자주 먹었을까? 『조선왕조실록』에는 포도와 관련된 기사가 여러 차례 등장한다. 태조 이성계가 수정포도를 먹고서 병이 회복되어 포도를 구해 온 한간에게 쌀 10석을 포상으로 내려주었다는 기사가 보인다. 또 성종 때에 승정원과 홍문관에 술과 포도를 내려주고 근체시를 지어 올리게 하였다. 연산군 때도 마유포도를 승정원에 내려주고 시를 지어 바치게 하였다는 기록이 있다. 조선 시대에 포도화로 유명한 화가가 여럿 있었는데 그중에 신사임당(申師任堂), 황집중(黃執中, 1533~?), 이우(李瑀, 1542~1609), 이계호(李繼祜, 1574~?), 홍수주(洪壽疇, 1641~1704) 등의 이름에 세상에 오르내렸다.

이제 한시에서는 포도를 어떻게 노래하였는지, 소개해 본다.

마유가 특이하단 말은 들었는데

귀한 품종이라 모습부터 다르구나.

녹색 구슬이 알알이 맺혀 있고

푸른 탄환이 동글동글 빛나네.

입에 넣으니 가슴 속이 시원하고

목구멍에 삼키니 뱃속이 젖누나.

사돈이 내게 이것을 다 주니

그 인정 참으로 넓고 크구려.

馬乳曾聞奇, 貴姿異厥顔. 　마유증문기, 귀자이궐안.

綠珠縈的的, 靑彈耀團團. 　녹주영적적, 청탄요단단.

入口涼胸膈, 呑喉潤肺肝. 　입구량흉격, 탄후윤폐간.

姻親能惠我, 情意浩漫漫. 　인친능혜아, 정의호만만.

「인척의 아우 민자진이 청포도를 주다

(姻弟閔子晉遺以靑葡萄 인제민자진유이청포도)」

『옥담시집(玉潭詩集)』

조선 시대의 시인 이응희(李應禧, 1579~1651)가 쓴 작품이다. 그는 성종의 삼남 안양군(安陽君)의 현손으로, 호가 옥담(玉潭)이다. 대과 초시에 합격하였지만 벼슬에 뜻을 접고 평생 시인으로 자락하며 살았다. 『옥담유고(玉潭遺稿)』와 『옥담사집(玉潭私集)』에 향촌 생활과 세상 만물에 대하여 쓴 천 여수 가량의 한시가 남아 있는데, 조선 시대의 생활과 풍속

여름 숙취에 좋은 포도

을 사실적으로 묘사하고 있어 한시사에서 특기할 만하다. 앞의 시는 사돈이 준 청포도를 받고 그 감회를 쓴 것이다. 마유(馬乳)는 포도의 이 칭이다. 지금이야 포도를 어디서든 쉽게 구할 수 있지만 조선 시대만 해도 귀한 품종이었다. 색은 푸르고 모양은 둥글둥글 탄환 같고, 그 맛은 가슴 속을 시원하게 해준다. 이런 귀한 과일을 갖다 준 사돈의 마음 씀씀이가 참으로 넓고 크다는 말로 고마움을 표하였다.

객지에서 영글어가는 포도송이들
남녘이라 아직 서리 맞지 않았구나.
종자는 대하에서 온 것이 분명하고
품질은 서량과 맞바꾼 포도에 못지 않으리.
알알이 마니보주(摩尼寶珠)처럼 영롱하고
향긋한 감로주 같은 진액이 줄줄줄
시렁에 가득한 내 고향 포도
기막힌 그 풍미 못 잊겠네.

客裏葡萄熟, 南州未見霜. 객리포도숙, 남주미견상.
種應來大夏, 品不數西凉. 종응래대하, 품불수서량.
顆顆摩尼瑩, 津津瑞露香. 과과마니영, 진진서로향.
故園栽滿架, 風味更難忘. 고원재만가, 풍미갱난망.

「포도(葡萄)」『계곡집(谿谷集)』

조선 시대의 문신인 장유(張維, 1587~1638)가 읊은 포도시이다. 장유는 문장에 뛰어난 재능을 보여 이정구·신흠·이식 등과 함께 '한문사대가'라는 칭호를 받았던 인물이다. 앞의 시는, 객지에서 포도가 익어가는 모습을 보고 고향의 맛있는 포도를 잊지 못하겠다는 내용이다. 본문의 대하(大夏)는 한대(漢代)의 서역 지방의 한 나라이니, 곧 포도가 들어온 곳이다. 서량(西凉)은 지금 중국의 감숙성에 있는 도시이다. 후한 영제 때 권력과 부귀영화를 누리고 국정을 농단했던 12명의 환관 가운데 한 사람이었던 장양(張讓)에게 맹타(孟他)라는 자가 포도주 한 말을 뇌물로 주고 양주 자사(涼州刺史)가 되었다고 한다. 이 당시에 포도주가 귀족사회에서 뇌물로 주고받을 정도로 상당히 진귀하였던 것으로 보인다. 이 시에서는 시인이 맛본 포도의 맛이 양주와 맞바꾼 고가의 포도와 비교하여 품질면에서 크게 떨어지지 않을 것이라는 뜻으로 쓰였다. 마니보주 즉 여의주처럼 동글동글한 포도가 향긋하고 진액이 가득한 맛이라고 묘사하였다.

포도주를 소재로 한 다음의 시도 눈길을 끈다.

값비싼 한 말의 술은 아첨하기에 좋아
옛 사람들은 귀인의 집안에 바쳤다만
어리석고 졸렬한 산옹은 기교가 없어
헛되이 포도주 마시며 시골에서 늙어가네.

斗酒千金足市恩, 古人曾獻貴人門.   두주천금족시은, 고인증헌귀인문.

山翁癡拙無機巧, 虛食涼州老一村. 산옹치졸무기교, 허식양주로일촌.

「화주 은자가 포도주를 가지고 와서 나에게 권하다

(葡萄酒和州隱者持以勸余 포도주화주은자지이권여)」『근재집(謹齋集)』

　　고려 후기의 문인 안축(安軸, 1282~1348)의 시다. 위의 시 전체를 관통
하는 것은 포도주를 뇌물로 주고 양주 자사가 된 맹타의 고사이다. 유
사 이래 권력 언저리에는 언제나 뇌물을 들고 기웃거리는 이들이 많
았다. 그 뇌물이 위의 고사에 나오는 것처럼 한 말의 포도주가 되기도
하고, 고가의 중국 비단이나 금 궤짝이 되기도 하였고, 천리마 같은 명
마가 되기도 하였다. 시인은 스스로를 맹타처럼 포도주를 뇌물로 바치
는 아첨꾼은 못 된다고 한다. 그저 어리석고 졸렬한 사람이니, 시골구
석에서 포도주나 마시면서 늙어가겠노라고 한다. 출세를 위해 선물 보
따리를 들고 고관대작의 대문간을 기웃거리는 세태를 에둘러 비판한
것이리라.

　　포도에 관한 자료를 보다 보니, 문득 "내 고장 칠월은 청포도가 익
어가는 시절. 이 마을 전설이 주저리주저리 열리고"로 시작하는 이육
사의 〈청포도〉가 떠오른다. 과거 포도를 소재로 한 한시와 그 주변 이
야기들은 이육사의 〈청포도〉에서 느껴지는 시적 분위기와 사뭇 다르
다. 포도는 같은 포도인데, 왜 이리도 정서에 차이가 있는 걸까?

갈증 해소에 탁월한 **수박**

　　'제철 과일'이라는 말이 무색할 정도로 계절을 넘나드는 과일이 많다. 한여름의 대표 과일인 수박 역시 폭설이 내리는 한겨울에도 먹을 수 있게 되었다. 그래도 한여름에 수박만큼 인기 만점인 과일도 없을 것이다. 수박은 한자로 '서과(西瓜)'라고 불린다. 명나라 때 나온 『농정전서(農政全書)』에 의하면, 수박의 종자가 서역에서 왔기 때문에 그리 명명한 것이라고 하였다. 또한 『본초강목』에 의하면, 오대(五代) 때에 호교(胡嶠)가 서역의 회흘(回紇)을 정벌하고 돌아오면서 수박 종자를 가져왔다고 기록하고 있다. 회흘은 위구르를 말한다. 수박은 성질이 차기 때문에 '한과(寒瓜)'라고도 불린다. 이외에 수박의 별칭에는 '수과(水瓜)', '하과(夏瓜)', '시과(時瓜)' 등이 있다.

수박이 우리나라에 전래 된 시기는 고려 때로 보인다. 허균(許筠, 1569~1618)의 『도문대작(屠門大嚼)』에 "고려 때 홍다구(洪茶丘)가 처음 개성에 심었다."라고 한 기록이 있기 때문이다. 홍다구는 고려인으로 몽골에 귀화한 무장이다. 수박이 고려 때 들어왔으나 역대의 시문집에는 그 기록이 생각만큼 많지 않다. 그중에 몇 편을 소개해 보도록 한다.

6월도 이제 다해 가니
벌써 수박 먹을 때로다
승제는 근교를 유람하고
학발의 모친은 고당에 계시어라.
하얀 속살은 얼음처럼 시원하고
푸른 껍질은 옥마냥 빛나도다.
달콤한 물이 폐에 스며드니
이내 몸 절로 청량하여라.

季夏今將盡, 西瓜已可嘗.　계하금장진, 서과이가상.

龍喉游近甸, 鶴髮在高堂.　용후유근전, 학발재고당.

瓣白氷爲質, 皮靑玉有光.　판백빙위질, 피청옥유광.

甘泉流入肺, 身世自淸涼.　감천류입폐, 신세자청량.

「수박을 먹다. 승제가 얻어 온 것이다.(嘗西瓜承制所得 상서과승제소득)」

『목은고(牧隱藁)』

목은 이색(李穡, 1328~1396)이 수박을 먹고 쓴 시이다. 수박의 하얀 속살과 푸른 껍질, 달고 시원한 수박의 맛이 표현되었다. 수박은 그 성질이 차고 맛은 달다. 그래서 더위를 식혀주고 갈증을 해소하는데 탁월한 효능이 있다. 위의 시에서도 수박의 '청량한 맛'에 주목하였다.

서역에서 나온 특이한 품종

언제 우리 동방에 들어왔나

푸른 껍질은 하늘빛에 가깝고

둥근 모양은 부처 머리와 같아라

껍질 벗기면 옥처럼 하얗고

속을 가르면 호박처럼 붉구나

삼키면 꿀마냥 달달하여

답답한 가슴 시원히 씻을 수 있네

異種出西域, 何年入我東.　이종출서역, 하년입아동.

綠衣天色近, 圓體佛頭同.　녹의천색근, 원체불두동.

削外瓊瑤白, 刳中琥珀紅.　삭외경요백, 고중호박홍.

呑來甘似蜜, 嬴得滌煩胸.　탄래감사밀, 영득척번흉.

「수박(西瓜 서과)」『옥담시집(玉潭詩集)』

이응희(李應禧, 1579~1651)의 『옥담시집(玉潭詩集)』에 실려 있는 작품이다. 이응희는 광해군 때에 이이첨이 인목대비를 폐위하려 할 때 백의 항소(白衣抗訴)로 간곡히 만류하는 상소를 올렸으나 뜻을 이루지 못하자 경기도 과천 수리산 아래에 은거하였다. 그의 학식이 널리 알려져 조정에서 중용하려 하였으나 사양하고 벼슬길에 나아가지 않았던 인물이다. 위의 시는 수박에 관한 객관적인 사실을 읊었다. 수박은 서역에서 들어온 품종으로 겉은 푸르고 둥근 모양을 하고 있으며, 푸른 껍질 속에는 하얀 과육이 있고 속은 호박 빛처럼 붉다고 하였다. 또 그 맛은 꿀처럼 달달하고 답답한 가슴을 시원하게 해 줄 수 있다고도 하였다. 특별한 전거를 나열하거나 어려운 시어를 사용하지 않고 평담하게 서술하고 있어 수박이라는 과일이 매우 친근하게 다가오게끔 하였다.

이처럼 수박을 노래한 대부분의 시들은 '갈증을 해소하는 시원한 맛'에 주목하여 표현되었다. 예컨대, 서거정(徐居正, 1420~1488)의 "내리 쪼갠 수박 모양이 초승달 같은데, 씹어 삼키니 뼛속까지 서늘하여 깜짝 놀랐네.(西瓜斜割月生稜, 嚼罷渾驚骨欲氷. 서과사할월생릉, 작파혼경골욕빙.)"라든가, 이항복(李恒福, 1556~1618)의 "더위 먹고 폐의 기운을 소생시킬 길이 없었더니, 일꾼이 갖다 준 수박이 천금처럼 귀하구나.(病喝無緣蘇肺氣, 園丁持惠當千金. 병갈무연소폐기, 원정지혜당천금.)"라든가, 홍여하(洪汝河, 1620~1674)의 "염천에 한 번 먹으면 정신이 상쾌해져, 두 어깨에 학타고 나는 바람일 것 같다.(炎天一吸神精爽, 兩腋疑生駕鶴風. 염천일흡신정상, 양액의생가학풍.)"라고 한 것이 그러하다. 이러한 시편들은 기실 송나라 때 방회(方回)가 읊은 "수박은 갈증을 해소할 수 있으니, 옥같이 푸른 껍질을 자르네.

(西瓜足解渴, 割裂靑瑤膚. 서과족해갈, 할렬청요부.)"라고 한 시와 그 의미 면에서
대동소이하다.

서산에 비가 한바탕 지나가더니
울타리 밖 가을 수박이 살이 통통 올랐네
둥글둥글한 열매 깊은 밭둑에 널렸어라
크고 작은 것이 구슬처럼 넝쿨에 매달렸네
허리에 차고 있던 금 패도를 쓱 뽑아서
청옥 같은 껍질을 쟁반에 좍 갈라놓으니
범증의 옥두가 산산이 부서져 쏟아지는 듯
위왕의 속 텅 빈 큰 바가지가 열린 듯해라
입안에 상큼한 맛은 운유를 씹은 듯하고
이 시리는 달콤한 향은 서리를 뿜는 듯하네
몸이 상쾌하여 갑자기 오폐가 서늘해지고
흥이 넘쳐 삼주가 먼 것 미처 깨닫지 못하겠네
어느 때나 속세의 먼지를 툭툭 털어버리고
포의 차림으로 가서 청문의 낙을 배울까

西山雨過一犁渥, 籬外嘉瓜秋濯濯.　서산우과일리악, 이외가과추탁탁.

結子團團委深畦, 大小附蔓如瓔珞.　결자단단위심휴, 대소부만여영락.

拔出腰間金佩刀, 剖破盤中靑玉殼.　발출요간금패도, 기파반중청옥각.

紛紜范老玉斗碎, 濩落魏王大瓠坼.　분운범로옥두쇄, 호락위왕대호탁.

여름 갈증 해소에 탁월한 수박

口含爽氣咀雲腴,　齒冷甘香噢霜雹.　구함상기저운유, 치냉감향손상박.

身淸頓敎五肺涼,　興逸不覺三洲邈.　신청돈교오폐량, 흥일불각삼주막.

何年擺却軟紅塵,　布衣往學靑門樂.　하년파각연홍진, 포의왕학청문락.

「수박(西瓜 서과)」『허백당집(虛白堂集)』

　　성현(成俔, 1439~1504)의 시다. 앞서 소개한 작품들보다 다채롭고 역동
적으로 수박을 묘사했다. 1~4구에는 울타리 밖에서 통통하게 영글어
가는 수박의 모습을 그렸는데, 조선 초기 농가의 모습이 지금과 크게
달라 보이지 않는 듯하다. 5~10구에는 수박의 모양과 맛이 표현되었
다. 특히 7~8구의 전거가 눈에 띈다. '범로'는 초나라 항왕(項王)의 모신
(謀臣)이었던 범증이다. 또한 옥두(玉斗)는 옥으로 만든 술그릇이다. '범
로의 옥두'라는 말이 나오기까지 다음과 같은 고사가 전하고 있다. 한
패공(漢沛公)이 진나라의 관중에 먼저 쳐들어간 것을 항왕에게 사과하
기 위하여 홍문(鴻門)의 잔치에 나갔다. 이때 범증이 항왕에게 이 기회
를 놓치지 말고 패공을 꼭 치라고 몇 번이나 눈짓을 했으나 항왕이 응
하지 않았다. 이를 알아챈 패공이 마침내 그 자리를 빠져나와 도망칠
수 있었다. 그리고 뒤에 장량이 패공을 대신하여 옥두 한 쌍을 범증에
게 바치자, 범증이 화가 나서 옥두를 땅에 던져 마구 때려 부숴 버렸다
고 한다. 여기서 부서진 옥은 수박씨에 비유되었다. 8구의 '위왕의 속
텅 빈 큰 바가지'는 장자(莊子)와 그의 친구 혜자(惠子) 사이에 나눈 대화
에서 나온 것이다. 혜자가 장자에게 말하기를, "위왕이 내게 준 큰 박

씨를 심었더니 닷섬들이 박이 열렸다네. 그래서 그 속에다 음료를 넣으니 무거워서 들 수가 없었네. 이번에는 두 쪽으로 쪼개어 바가지를 만들었는데 너무 넓고 커서 쓸 수가 없었네. 결국 크기만 했지, 아무짝에도 소용이 없어 부숴 버리고 말았다네."라고 하였다. 그러자 이 이야기를 들은 장자가 혜자에게 말했다. "어째서 그것을 강호에 띄울 생각은 하지 못하고, 너무 커서 쓸데없다고 걱정만 하는가?" 둘 사이에 나눈 이 대화는 후대에 깊은 철학적 담론을 이끌어 내고 있지만, 위의 시에서는 매우 큰 수박덩이를 위왕의 바가지에 비유한 것뿐이다. 그만큼 수박이 크다는 표현이다. 9구의 '운유'는 향기롭고 단맛이 좋다고 하는 전설상의 선약(仙藥) 이름이니, 수박 맛을 극찬한 것이다.

마지막 11~14구에는 수박을 맛본 소회가 드러나 있다. 수박의 시원한 맛으로 인해 몸이 상쾌해지고 흥이 난다고 하였다. 그리고 시인은 속세를 훌훌 벗어던지고 소박한 포의를 입고서 은거의 삶을 살고 싶다고 하였다. 마지막 구의 '청문의 낙'은, 진(秦)나라 때 동릉후(東陵侯)에 봉해진 소평(邵平)이 진나라가 망한 뒤에 평민의 신분이 되어, 장안성의 청문 밖에다 참외를 심어 가꾸며 조용히 은거했는데, 그가 가꾼 참외가 맛이 좋아 당시 사람들로부터 동릉과(東陵瓜)라고 일컬었다고 한데서 가져온 말이다. 그러니까, 시인은 이 시의 결구에서 참외를 가꾸며 은거한 동릉후처럼 되고자 하는 바람을 드러낸 것이다.

조선 시대 이덕무(李德懋, 1741~1793)의 시에도 수박이 나온다. "씨 박힌 수박은 뼈 많은 생선과 같네(紅犀瓜類骨多魚 홍서과류골다어)"라고 표현하였다. 기실 수박을 먹을 때 수박씨는 참으로, 처리하기 번거롭다. 그래서 오늘날 씨 없는 수박이 출하하게 된 배경이 되었겠지만 말이다. 그런데 이러한 수박씨를 중국인들은 아주 잘 먹는다. 조선 순조 때 연경을 다녀온 필자 미상의 사행 기록인『계산기정(蘍山紀程)』에 "수박은 모양이 길쭉하다. 속은 누런 씨에 검게 무늬진 것이 많고, 맛도 좋다. 시장에 수박씨가 많다. 비록 겨울철이나 봄철이라도 반드시 쪄서 말려서 파는데, 남녀노소가 걸으면서 혹은 앉아서 모두 먹는다."라는 기록을 참고해 보면, 이미 오래전부터 중국인들은 수박씨를 즐겨 먹었던 것으로 보인다. 수박은 그 씨뿐 아니라 껍질도 먹었다. 일찍이『오주연문장전산고』를 남긴 이규경(李圭景, 1788~1856)은 수박껍질로 장을 담가 먹으면 무김치나 오이지와 같이 반찬이 된다고 소개하였다. 필자가 있는 중국 남방의 계림에서는 하얀 수박 껍질을 피클처럼 새콤달콤하게 담가서 많이 먹는다. 그리고 보면 수박은 씨와 껍질까지 알뜰하게 먹을 수 있으니, 어느 것 하나 버릴 게 없는 과일인 듯하다.

이제 작열하는 여름이 도래했다. 태양을 닮은 붉은 수박 한 조각을 베어 물고 시 몇 구절 외우면서 피서(避暑)를 어찌 해야 할지 궁리할 때가 온 것이다.

아삭아삭하고 달콤한 **참외**

여름 과일로 빼놓을 수 없는 것이 참외다. 시골 원두막에 가보면, 수박 있는 곳에 참외가 있고, 참외 옆에 수박이 있게 마련이다. 참외는 덩치가 큰 수박과 비교하여 맛, 모양, 색깔이 판이하게 다르다. 외갓집 우물에 동동 떠 있는 먹음직스러운 노란 참외에는 할머니의 따스한 정취가 깃들어 있다. 참외는 한자로 '첨고(甛苽)' 혹은 '감과(甘瓜)'라고도 하니, 그 맛이 달기 때문에 붙여진 이름이다. 또한 '진과(眞苽)', '진과(眞果)'라고도 불렸다. 중국에서는 '첨과(甜瓜)' 혹은 '향과(香瓜)', '백란과(白蘭瓜)'라고도 한다. 역시 참외의 달콤한 맛과 향 때문에 붙여진 이름이다. 이렇듯 맛있는 참외는 정확하지는 않지만, 삼국시대 이전에 이미 중국으로부터 들어온 것으로 보고 있다.

우리의 역대 시문집에는 참외를 소재로 한 한시가 의외로 많지 않다. 그중에 몇 편을 소개해 보도록 한다.

초가을로 접어든 농장에
새로 딴 참외 꿀보다 더 달아
옛 벗의 아들을 어여삐 여기는 마음으로
궁벽한 내 집에 고이 싸서 보내다니.
別墅秋初入, 新苽蜜不如.　별서추초입, 신고밀불여.
心憐故人子, 封裹送幽居.　심련고인자, 봉과송유거.

「정월성이 참외를 보내주어 감사하여(謝鄭月城送甜苽 사정월성송첨고)」

『목은집(牧隱集)』

고려 때의 문인이자 정치가인 이색(李穡, 1328~1396)이 참외를 보내준 것에 대하여 감사의 뜻을 표한 시이다. 여기서 시인은 참외의 맛이 '꿀보다 달다'고 하였을 뿐, 특별한 기교나 애쓴 흔적이 없이 담담하게 사의를 드러내었다. 참외를 매개로 보낸 이와 받는 이의 정분이 소박하게 이어지고 있는 듯하다.

유월이라, 썩은 풀이 반딧불 되려는데
참외는 옥같이 예쁘게도 가꾸었네
손님 대접하려 처음 맛보는데

일찍도 익어 일꾼이 놀라네

당분은 끈적끈적 치아에 달라붙고

차디찬 수분은 뼛속까지 시원하네

자은 수좌가 내 마음을 잘 알고

다시 나를 위해 정중히 보냈구려

腐草將螢化, 䣛瓜似玉成. 부초장형화, 첨과사옥성.

初嘗因座客, 早熟駭園丁. 초상인좌객, 조숙해원정.

崖蜜粘牙軟, 巖氷澈骨淸. 애밀점아연, 암빙철골청.

慈恩相應法, 更爲我叮嚀. 자은상응법, 갱위아정녕.

「천장방의 자은 수좌가 참외를 보내오다.(天場房慈恩首座送甜瓜 천장방자은수좌송첨과)」

『목은집(牧隱集)』

　　제목을 보니, 천장방에 거하는 자은 수좌가 참외를 보내준 모양이
다. '수좌'라는 말은 행각승을 달리 이르는 말이다. 첫머리의 '썩은 풀
은 반딧불이 되려 한다'는 말은 『예기』에 나온다. 즉, "유월에는 썩은
풀이 변하여 반딧불이 된다.(季夏之月, 腐草爲螢. 계하지월, 부초위형.)"고 한 데
서 온 말로, 음력 6월을 가리킨다. 참외를 따서 맛보게 한 넉넉한 인심
과 '달고 시원한' 참외의 맛이 표현되었다. 참외의 단맛이 꿀 같아서
치아에 달라붙는다고 하였다. 어디 그런 참외가 있겠는가마는 그만큼
달다는 뜻이리라. 7, 8구에는 이런 맛있는 참외를 보내준 자은 수좌에
게 고마움을 드러내었다.

여름 아삭아삭하고 달콤한 참외

다음은 여말선초의 학자인 양촌 권근(權近, 1352~1409)의 작품이다.

소평의 외밭에 어쩌나 해는 긴지
덩굴의 성긴 꽃이 여태 피지 않은 것을
벗이 보낸 후한 선물 참으로 감사하노니
하얀 살에 소름이 돋을 정도로 차고 시원하다네

邵平瓜圃日何長, 蔓上疎花未吐黃.   소평과포일하장, 만상소화미토황.

多謝故人垂厚眖, 玉膚生栗斗淸凉.   다사고인수후황, 옥부생률두청량.

「참외를 보낸 죽주 수령 박공에게 감사하며(謝竹州守朴公惠苽 사죽주수박공혜고)」

『양촌집(陽村集)』

시제에 보이는 '죽주'는 경기도 안성지역의 옛 지명이다. 이 시 역
시 참외를 보내주어 감사하다는 뜻을 담고 있다. 1구의 '소평의 외밭'
이란 다음과 같은 고사가 전한다. 중국 진(秦)나라 때 동릉후에 봉해진
소평(邵平)이 진나라가 망한 뒤에 평민으로 가난하게 살면서 장안성 청
문(靑門) 밖에서 참외밭을 일구며 유유자적하게 은사의 생활을 즐겼다.
그런데 그가 농사지은 참외의 맛이 아주 좋았기에 당시 사람들이 동
릉과(東陵瓜) 혹은 청문과(靑門瓜)라고 불렀다. 이것은 『사기(史記)』에 나
오는 이야기이다. 그러니까 위의 시에서 '소평의 외밭'을 운운한 것은
참외 맛이 아주 좋다는 의미다. 시인은 참외의 맛을 두고 '소름 돋을
정도로 차고 시원'하다고 했다.

참외는 달고 시원하여 과일로서 손색이 없지만, 우리 몸에도 매우 이롭다. 참외는 다량의 수분을 함유하고 있어 갈증을 멎게 하고, 열을 없애주며 이뇨작용에 효능이 있다. 더욱이 참외 꼭지의 쓴맛이 암을 억제하는 효과가 있다고 알려져 있다. 조선 숙종 때의 실학자 홍만선(洪萬選)이 엮은 농서 겸 가정생활서인 『산림경제』에는 "적병(積病)이 있거나 각기병이 있는 사람은 참외를 먹으면 안 된다. 참외가 물이 고인 것이나 꼭지가 둘인 것, 배꼽이 둘인 것을 사람이 먹으면 죽는다."라는 설을 실어놓았다.

참외는 모양과 맛, 재배지에 따라 여러 가지 이름이 붙곤 한다. 개구리참외, 배꼽참외, 먹참외, 감참외, 개똥참외, 줄참외, 금싸라기, 은천참외, 강서참외, 쇠뿔참외 등등 다양하다. 이 중에서 참외의 꽃받침이 떨어진 자리가 유달리 볼록 내민 참외를 일컬어 '배꼽참외'라고 한다. 그 이름만큼이나 참외의 생김새도 우스꽝스럽게 생겼다. 배꼽참외처럼 볼록 나온 배꼽을 일컬어 '참외배꼽'이라고 하는 것도 모양 때문에 붙여진 이름이다. 또 수박처럼 검푸른 색을 띤 것은 '먹참외'라고 하며, 심지도 않았는데 길가에 아무렇게나 자란 참외를 '개똥참외'라고 한다. 김유정(1908~1937)의 소설 『봄·봄』에도 참외 이름이 나온다. "키는 크지 않고 옆으로만 살이 쪄서 짜리몽땅한 '감참외'를 닮아간다. 참외 중에는 감참외가 제일 맛좋고 예쁘니까 말이다."라고 하면서, 주인공 점순이의 모습을 감참외에 비유했다. 오늘날 가장 유명한 참외 산지는 경북 성주인데, 조선 시대 허균(許筠, 1569~1618)의 『도문대작(屠門大

嚌)』에는 "의주(義州)에서 나는 것이 좋다. 작으면서도 씨가 작은데 매우 달다."라고 기록되어 있다. 그 당시에는 의주 참외가 이름이 났던 것으로 보인다.

참외에 얽힌 조조(曹操)의 이야기가 있어 소개해 본다.

조조가 손님을 초대하여 술을 마시다가 시첩(侍妾)을 불러 참외를 가져오라고 시켰다. 한 시첩이 참외를 쟁반에 담아 올리면서, "나으리, 참외가 아주 잘 익었습니다."했다. 다른 한 시첩은 "설익지 않았습니다."하였다. 술에 취한 조조는 화가 나서 두 시첩의 목을 베었다. 다시 참외를 들여오게 하자, 난향(蘭香)이라는 시첩이 쟁반을 눈썹 위치로 높이 받들고 들어갔다. 조조가 참외 맛을 묻자 입을 오므리고 대답하였다. "매우 답니다."조조는 또 즉시 목을 베었다. 손님들이 두려워하며 그 까닭을 물었다. 그러자 조조가, "먼저 나온 두 시첩은 나를 섬긴 지 오래되었는데, 참외를 올릴 때에 눈썹 높이로 올리지 않았을 뿐만 아니라 묻는 말에 입을 벌리고 대답하였다. 나와 함께 한 시간이 오래되어 마음이 해이해져서 그런 것이라, 어리석은 그들을 벌한 것이다. 난향은 나를 섬긴 지 오래되지 않았으나 손을 높이 들어 쟁반을 받들고 입을 오므리고 대답하였다. 이 애는 내 마음을 너무도 잘 알고 있기에, 미리 화근을 없애려 죽인 것이다."라고 했다.

성대중(成大中, 1732~1809)의 『청성잡기(靑城雜記)』에 나오는 이야기다. 글의 제목이 〈영웅의 속마음을 읽으면 죽는다〉이다. 참외를 갖다 바친 세 명의 시첩이 조조에게 목숨을 잃었다. 어떤 이는 조조의 마음을 읽지 못한 어리석음 때문에 죽었고, 다른 이는 그의 마음을 너무 잘 읽어서 죽은 것이다. 조조의 마음을 잘 알아서 눈치 있게 행동한 그녀의 어리석음을 탓해야 하나, 조조의 난폭함을 탓해야 하나. 참외를 먹을 때마다 어리석음과 총명함의 그 중간을 생각해 본다. 또 자신을 지키기 위해 남을 헤친 조조 같은 위인이 역사에 얼마나 있을까를 생각해 본다.

불볕더위가 한창 기승을 부리는 8월. '맑은 샘물에 참외를 띄우고(浮甘瓜於淸泉 부감과어청천)' 피서를 할 때가 다가왔다.

무화과는 정말 꽃이 없을까?

무화과는 뽕나무과에 속하는 식물로 주로 열대지방에서 생장한다. 그래서 우리나라에서는 그리 흔하게 볼 수 있는 과일이 아니다. 먹어본 적이 없어도 이 과일이 익숙한 것은 전적으로 문헌 덕분이다. 성경에는 "그들의 눈이 밝아져 자기들이 벗은 줄 알고 무화과나무 잎을 엮어 치마로 삼았더라", "무화과나무에는 푸른 열매가 익었고 포도나무는 꽃을 피워 향기를 토하는구나" 등과 같이 수십 차례 언급되었다. 아담과 이브는 무화과나무 잎으로 자신들의 몸을 가렸다. 불경에도 매우 상서로운 꽃으로 쓰였다. 삼천 년 만에 한 번 핀다는 우담발화가 바로 무화과의 일종이다.

우리나라 문헌에 무화과(無花果)가 처음 등장한 것은 고려 시대 이색(李穡, 1328~1396)의 문집인 『목은집』이다. 거기에 "어딘가에서 무화과의 꽃이 피기만을 기다리면서 공연히 가지를 꺾으려고 치달리지 말 일이다."라고 한 대목이 보이나, 무화과를 직접 보고서 한 말은 아닌 듯하다. 조선 시대의 최고 문장가 중의 한 사람인 연암 박지원(朴趾源, 1737~1805)은 1780년에 삼종형 박명원(朴明源)의 수행원으로 중국에 들어가 열하를 방문하게 되는데, 그때 무화과를 처음 본 것으로 기록하였다.

강영태(康永太)의 집에서 점심을 먹었다. 영태의 나이는 스물셋인데, 제 말로 민가(民家) 한인(漢人)은 '민가'라 하고 만주족은 '기하(旗下)'라 한다고 한다. 희고 아름다운 얼굴에 서양금(西洋琴)을 잘 친다. …… 영태가 살고 있는 집은 정쇄하고 화려하여 여러 가지 기구가 모두 처음 눈에 뜨이는 것이다. 구들 위에 깔아 놓은 것은 모두 용봉을 그린 담이고, 걸상이나 탁자에도 역시 비단 요를 펴 놓았다. 뜰에는 시렁을 메고 가는 삿자리로 햇볕을 가렸으며, 그 사면에는 누른 발을 드리웠다. 앞에 석류대 여섯 분이 벌여 놓였는데, 그 중에서 흰 석류꽃이 활짝 피었다. 또 이상한 나무 한 분이 있는데 잎은 동백(冬栢) 같고 열매는 탱자 비슷하다. 그 이름을 물은즉, '무화과(無花果)'라 한다. 열매가 모두 두 개씩 나란히 꼭지가 잇대어 달리었고, 꽃이 없이 열매가 맺는 때문에 이렇게 이름지은 것이라 한다.

1780년 6월 28일의 기록이다. 강영태라고 하는 중국 사람의 집에서

여름 무화과는 정말 꽃이 없을까?

점심을 먹고 집안을 둘러보다가 이상한 나무 한 그루를 발견했다. 잎은 동백나무처럼 생겼고, 열매는 탱자처럼 둥글다. 그제서야 그것이 무화과라는 것을 알게 되었다. 꽃이 피지 않고 열매를 맺기 때문에 '무화과'라 이름한 것이라고 기록했다. 시기상으로 6월이면 무화과가 익을 때인데, 맛에 대한 서술이 없는 것으로 보아 당시 박지원이 먹어보지 못한 것으로 여겨진다. 무화과를 먹어보았다면 그의 붓끝에서 세밀하게 묘사되었을 텐데, 자못 안타깝다.

그 후 1798년 10월 중국에 사신으로 간 서유문(徐有聞, 1762~1822)이 이듬해 4월까지의 여정을 기록한 『무오연행록』에는 "무화과는 절강(浙江)에서 나는 것이로되 꽃이 없고 열매 맺히어 크기가 비자(榧子)만 하고 맛이 살구씨 같은 듯하다."라고 기록되었다. 당시 수행원으로 갔던 강치형이 유리창의 책거리에서 중국 선비인 이운(李雲)과 섭등교(葉登喬)를 만나 술과 음식을 대접받았는데, 그때 무화과를 처음 본 것으로 보인다. 저자 미상의 연행록에는 "무화과는 분재한 것이 열매를 맺어 탱자와 같았다. 가지에는 가시가 없고, 잎사귀는 크기가 배나무 잎만 하며, 줄기는 추자나무와 같은데, 겨울을 타지 않고 파란 것이 성숙하여 농창하게 붉어지면, 맛이 달아 먹을 만하다"고 한 기록도 있다. 이상과 같이 조선의 선비들은 주로 중국에 사신 가서 무화과를 직접 맛을 보거나 보게 되었다.

그런데 이 당시 조선 땅에 무화과가 전혀 없지는 않았다. 1610년 허준(許浚, 1546~1615)이 지은 조선 최고의 의학서적인 『동의보감』에는 "무화과는 맛은 달고 음식을 잘 먹게 하며 설사를 멎게 한다. 꽃이 없이 열매가 열리는데 그 빛이 푸른 청리(靑李) 같으면서 좀 길쭉하다. 중국으로부터 우리나라에 이식되어 간혹 있다."라고 기록된 것이 그 증거이다. 또한 이광려(李匡呂, 1720~1783)의 시문집인 『이참봉집』에는 중국으로 사신 가는 윤동승(尹東昇, 1718~1773)에게 무화과나무를 구해다 줄 것을 부탁하였는데 그가 돌아올 때 무화과나무를 가지고 왔다는 기록이 보인다. 계주(薊州)의 상인 집에서 명주[絹] 2필을 주고 사 가지고 왔다고 한다. 이를 통해 보건대, 무화과가 전국적으로 있지는 않았어도 그 정확한 시기는 알 수 없으나 이미 중국을 통해 들여와서 재배되었음을 알 수 있다.

천엽의 신선한 과실
꽃이 없는데도 열매가 있구나.
향기론 과실 올릴 것을 기다릴 필요 없지
바로 이 이름만으로도 충분하리.
千葉鮮食實, 無花還有果.　천엽선식실, 무화환유과.
不待薦瓊顆, 直此名已可.　부대천경과, 직차명이가.

한 자 되는 나무 내 정원에 완연하니
중국 땅 계주에서 온 것이라네
사천 리를 오고 가며 수고했으니

수레에 비단 하사함이 마땅하리.

尺樹宛吾圃, 由來蒯丘植. <small>척수완오포, 유래계구식.</small>

夫役四千里, 專車勝賜帛. <small>부역사천리, 전차승사백.</small>

일은 철저히 해야 하나니

하찮은 하나의 초목이라 말하지 말라

이 마음 높고 높은 곳에 있나니

훗날 백성과 나라에 혜택이 있으리.

作事要到底, 莫謂一草木. <small>작사요도저, 막위일초목.</small>

是心處崇高, 他年澤民國. <small>시심처숭고, 타년택민국.</small>

「다시 유문에게 주다(復贈孺文 부증유문)」 『이참봉집(李參奉集)』

　저자 이광려는 육진 팔광(六眞八匡)의 한 사람으로 학문과 문장에 뛰어났을 뿐만 아니라 인품이 매우 훌륭하여 따르는 자들이 많았다. 당시에 '문장은 박지원, 시는 이광려'라는 말이 있을 정도로 시가 좋았다고 한다. 나중에 참봉 벼슬에 천거되었으나 관직에 나아간 적이 없는 인물이다. 이광려는 중국으로 사신 가는 윤동승에게 무화과나무를 부탁하였는데, 그때 지은 시에는 무화과를 "조금만 먹어도 노인이나 아이 모두 입에 맞고, 달기는 대추나 고욤보다 나으리(儘喫安老幼, 甘應棗楟優. 진끽안로유, 감응조영우.)"라고 하였다. 그리고 그 뒤에 위의 시편을 짓고 나서 윤동승에게 부치려 했으나 안타깝게도 그는 이미 이 세상 사람이 아니었다고 한다. 이광려는 무화과나무를 정원에 심고 날마다 감상하였으리라. 꽃이 피지 않는데도 열매 맺는 특이한 이 과실은 그 이름 자체만으로도 이미 훌륭하다고 여겼다. 계주 상인에게서 명주 2필을 주고 사 가지고 온 무화과나무가 무려 사천 리를(정확하게는, 한양에서 연경까지는 왕복으로 6천 리가 넘는다.) 거쳐 조선 땅에 왔으니, 그것을 싣고 온 수레의 공이 크다고 아니할 수 없다. 그런데 이광려가 하찮다면 하찮을 수도 있는 이 초목 한 그루를 구해달라고 한 것은 다른 데 뜻이 있는 것이 아니다. 바로 백성과 나라에 혜택이 있기를 바라는 마음에서 한 것이다. 이광려는 가난한 백성들의 삶을 개선하는데 매우 관심이 많았던 실용 학자였다. 구황식물인 고구마를 대마도로부터 들여와 보급하는데 기여하였으며, 중국의 벽돌 굽는 기술에 대해 관심을 갖거나 담헌 홍대용과 함께 수레를 연구하는데 참여하기도 하였다. 그가 중국으로부터 무화과나무를 구해달라고 한 것 역시 민생의 삶과 관련이 있다.

조선 말기의 이유원(李裕元, 1814~1888)이 편찬한 『임하필기』에 무화과에 대한 정보가 담겨 있다.

나무 중에 꽃 없이 열매를 맺는 것이 있으니 바로 무화과이다. 내가 일찍이 연경(燕京) 시장에서 사 왔는데, 열매가 잎 위에 달렸고 맛이 달콤하였다.

당시에는 국경을 넘어 종자나 묘목을 들여와도 별다른 제재가 없었던 시대였기에 직접 중국에 가거나 사신 가는 일행을 통해 들여올 수 있었다. 이유원 역시 연경 시장에서 무화과를 사 왔다고 했다. 18세기에 이미 조선에 들여온 것으로 알려진 무화과가 그 이후 널리 보급되는 데는 실패한 것으로 보인다. 무화과는 남방 지방에서 생장하는 것이라 기후가 맞지 않았던 것이 아닌가 생각한다.

이상에서 소개한 자료를 통해 알 수 있듯이 무화과는 꽃이 피지 않는 식물로 알려져 있었고, 그렇게 알고 있었다. 육안으로 꽃을 보지 못하였기 때문에 꽃이 피지 않는 식물이라고 알려졌으나, 이것은 전적으로 잘못된 상식이다. "무화과는 꽃이 필 때 꽃받침과 꽃자루가 길쭉한 주머니처럼 굵어지면서 수많은 작은 꽃들이 주머니 속으로 들어가 버리고 맨 윗부분만 조금 열려 있다. 꽃받침이 변형된 주머니 안에 꽃이 갇혀 있어서 꽃가루가 바람에 날릴 수도 없고, 벌이나 나비를 불러들일 수도 없다."(박상진, 『우리나무의 세계 1』, 김영사 참고)라고 하였으니, 무화과는 꽃이 없는 것이 아니라 열매 자체가 꽃이다. 다시 말해 '꽃이면서 열매요, 열매이면서 꽃'인 것이 무화과이다.

무화과는 가공하지 않은 생과일 그대로를 먹을 수 있고 또 건조하여 먹기도 한다. 생으로 먹을 때는 붉은 씨앗이 알알이 박혀 있어 그 모양을 보는 즐거움이 있고, 동글동글 쪼글쪼글하게 말린 담황색의 무화과를 먹을 때는 입안에서 톡톡 씹히는 식감이 제법 재미있다. 생과일이든 말린 과일이든 무화과는 위와 장을 튼튼하게 해주고 독소 제거에 효능이 있다. 특히 치질과 설사에 효과적이라고 한다. 맛도 효능도 으뜸이지만, 무엇보다 나는 무화과나무의 잎을 좋아한다. 무화과나무는 그리 키가 큰 나무가 아니다. 거기에 매달고 있는 잎은 손바닥처럼 넓적한데, 결코 가늘거나 여려 보이지 않는다. 그렇다고 억세거나 강해 보이지도 않는다. 내 눈에는, 아무런 구차함이 없이 당당하고 간결해 보인다. 마당이 딸린 아담한 집 한 채가 있다면 한쪽 귀퉁이에 무화과나무를 심고 당당하고 간결해 보이는 그 잎을 감상하고 싶다. 더러 사람들이 무화과를 분재로 키우는 이유가 나와 생각이 같은지는 알 수 없다.

야자주 한잔 하실까요?

야자는 열대식물이다. 지금은 여행지로 인기 있는 남태평양 지역이나 동남아시아 등지에서 쉽게 접할 수 있지만, 예전 조선 시대만 해도 야자는, 보기 드문 과일이었다. 야자는 한자로 '야자(椰子)'라 하고, 영어로는 '코코넛(coconut)'이라 한다.

야자가 처음 등장한 우리나라 문헌은 고려 시대 이규보(李奎報, 1168~1241)의 문집인 『동국이상국집』이다. 거기에는 "새 모양의 야자관 유달리 알려졌나니, 옛 모양 죽피관을 어이 물으랴(新模特地傳椰子, 古樣何曾問竹皮. 신모특지전야자, 고양하증문죽피.)"라고 표현되었다. 이후 조선 시대 정약용(丁若鏞, 1762~1836)과 김윤식(金允植, 1835~1922)은 각각 "야자로 술잔 만드는 잔재주 부리지 말라(莫將椰子巧穿觴 막장야자교천상)", "새로운 모양

야자관 만들고 싶네(新製欲裁椰子冠 신제욕재야자관)"라고 하였다.

　이상과 같이 야자를 단편적으로만 언급하였을 뿐 단독으로 글의 소재에 쓰인 경우는 없었다. 더구나 위의 시인들이 야자를 직접 먹어보았다기보다는 문헌에 나오는 '야자'란 어휘를 그저 관습적으로 사용한 것으로 보인다. 위의 시에서 반복적으로 나오는 '야자관'은 야자 열매로 만든 갓이다. 근래에 '동양의 하와이'라고 불리는 아름다운 섬 '해남도'는 아열대 기후라서 예로부터 야자가 많았다. 해남을 '야도(椰島)'라고 부를 정도로 야자는 해남을 상징한다. 이곳에서는 매년 4월에 '해남국제야자절(海南國際椰子節)'이라는 국제적인 축제를 거행하고 있으니, 그야말로 야자의 섬이다. 민간에서는 오랜 옛날부터 야자 껍질을 이용하여 술잔을 만들고 거기에 아름다운 조각을 하곤 했다. 이것을 일명 '야자 술잔' 즉 '야배(椰杯)'라 하는데, 당나라의 시인 육구몽(陸龜蒙)의 시에 "술이 야자 술잔에 가득하니 독한 안개 없어지네(酒滿椰杯消毒霧 주만야배소독무)"라고 한 것을 보아도 이미 당나라 때에도 사용하였음을 알 수 있다. 명나라, 청나라 때는 지방에서 올라오는 진상품 중에 해남의 야자 조각품이 포함되었다고 한다.

　또한 해남은 당송팔대가 중의 한 사람인 소식(蘇軾, 1037~1101)이 1097년부터 약 3년간 유배 생활을 했던 곳이다. 소식이 유배에서 사면되고 상경하는 도중에 사망하였으니, 사실상 해남은 소식이 마지막 인생을 보낸 곳이다. 중국의 최남단인 해남에서의 유배 생활은 매우 곤궁하였던 것으로 보인다. 그러나 소식은 이곳에서 200여 편이 넘는 시문을 창작하였다. 그 결과 오늘날 해남의 역사 문화를 풍부하게 한 주역 중의 한 사람으로 소식을 꼽는다. 그가 이곳 해남에서 야자 껍질을 이용하여 갓을 만든 과정을 이야기하면 이렇다.

해남에서 유배 생활을 하던 어느 날, 소동파의 아들 소과(蘇過)가 야자 열매를 따가지고 와서 그곳 백성들이 하는 대로 꼭지를 자르고 구멍을 내어서 아버지에게 드렸다. 소동파는 매우 즐거워서 머리에 쓰고 있던 두건을 풀어서 마치 술을 거르듯 야자를 기울여 그 즙을 사발에 담아서 마셨다. 맛이 담담하니 향기로운 술 같았다. 다 마시고 난 껍질을 다시 아들에게 주었는데, 소과는 한참 그것을 들여다보면서 문득 이전에 아버지의 취미를 떠올렸다. 아버지가 서울에서 고관대작으로 있을 때는 그의 정적조차도 아버지의 소탈한 성품을 좋아하여 많이 따르고 우상처럼 떠받들었다. 아버지는 당시 유행하던 모자를 개조하여 높이가 높고 챙이 짧은 신기한 모자를 만들어서 쓰고 다녔는데, 뜻밖에도 그것이 유행이 되어, 사대부며 학자들이 다투어 흉내 내었다. 그래서 일시에 유행하였는데 당시 사람들은 '자첨모(子瞻帽)'라고 했다. 자첨은 아버지 소동파의 이름이다. 그런데 지금 미개하고 황량한 해남으로 유배 온 아버지를 보니 모든 것이 쇠락해져서 서글펐다. 그때 문득, 신선한 물건을 만들어내기 좋아하는 아버지를 생각하면서, 만약 야자 껍질로 모자를 만든다면 틀림없이 아버지가 기뻐할 것 같았다. 그래서 모자를 만들기 시작하자, 소동파도 의견을 덧붙여서 마침내 모자를 완성하게 되었다. 소동파가 쓴 모자는 이상야릇했다. 그래도 사람들이 많이 보러 왔다.

야자 열매로 만든 갓이 이렇게 하여 세상에 나오게 되었다. 이때 소동파와 그의 아들 소과(蘇過)는 야자관을 소재로 시를 지었고, 소과가 보내준 기괴한 모양의 야자관을 받아본 소철 역시 「조카 과가 야관을 부치다(過侄寄椰冠 과질기야관)」란 시를 지었다. 이로 인해 역대 고금의 시인들은 야자 열매 자체보다는 야자로 만든 갓인 '야자관'에 주목하였던 것이다.

야자가 우리나라에 직접 들어온 경우도 있었다. 『조선왕조실록』에 보면, 1480년(성종 11)에 유구국(琉球國 현재 오키나와의 옛 이름)에서 사신을 보내어 조선을 방문하였는데 그때 방문 물품 중에 '야자(椰子) 10개'가 들어 있었으며, 다시 1494년(성종 25)에 유구국에서 물자를 청하는 편지를 가지고 방문하였을 때에 '야자묘(椰子苗) 2본(本)'을 함께 가지고 왔다고 기록되었다. 이처럼 일본을 통해서 야자 열매와 야자 묘목이 들어온 것을 확인할 수 있다. 그러나 야자나무에 대한 더 이상의 자세한 기록이 없는 것으로 보아, 열대지방에서 생장하는 야자나무가 당시 조선 땅의 기후와는 맞지 않아 생장이 어려웠던 것이 아닌가 여겨진다.

한편, 성종 때의 문신 최부(崔溥, 1454~1504)는 1487년에 제주도 관리로 부임했다가 부친상을 만나 한양으로 돌아오던 중에 풍랑을 만나 중국 절강성에 표박하게 되는데, 그때 야자를 직접 맛보았다.

관리가 역마를 타고 왔는데, 큰 자루에 바가지만 한 큰 물건이 있었습니다. 그 속에 술이 있었는데, 쪼갠 뒤에야 마실 수 있었습니다. 장술조가 저에게 이르기를, "이 과실은 곧 야자주입니다. 영남(嶺南)에서 많이 산출되는데 사람이 혹 이를 마시고 아이를 낳은 경우도 있습니다."

최부는 중국에서 조선으로 돌아오기까지의 험난한 여정을 『표해록 (漂海錄)』으로 남겼는데, 위의 글은 1488년(성종 19) 5월 14일의 기록이다. 여기서 야자즙을 '야자주'라고 했다. 야자 열매 속에 들어 있는 즙이 마치 술과 비슷하다고 하여 예로부터 '야자주'라고 했다. 1610년에 편 찬된 『동의보감』에도 "야자의 살은 기를 돕고 풍병을 치료한다. 그 속 에 있는 즙은 술과 비슷하다. 그러나 마셔도 취하지 않는다. 껍질을 술 잔으로 쓸 때 술에 독이 있으면 끓어 오른다."고 소개하고 있으니, 당 시 야자를 맛볼 기회가 거의 없었어도 이렇게 널리 알려졌던 것이다.

우리나라 역대의 문헌 중에 이익(李瀷, 1681~1763)의 문집인 『성호사 설』이 '야자'에 관한 가장 많은 정보를 담은 것으로 보인다. 이에 그 전 문을 인용해 본다.

소동파의 '야자관' 시에, "하늘이 원앙의 목숨 살리려고 날마다 술이나 마 시게 하니, 좋은 술이 저절로 숲에서 생겨나 의적 기다릴 필요가 없구나(天教 日飮欲全絲, 美酒生林不待儀 천교일음욕전사, 미주생림부대의)"라고 했는데, 그 주에 는 "이 야자는 나무가 높고 크며 잎은 길게 생겼다. 참외 씨처럼 생긴 씨가 한 덩이에 30여 개씩 들었고 살은 웅백(熊白 곰 가슴에 있는 흰 기름)과 같으며 맛은 호도와 흡사하다. 속에는 장(漿)이 한 되쯤 들어 있는데, 맑기는 물 같고 달기는 꿀과 같다."하였으나, 술과 같다고는 하지 않았다.

　자서(字書)에는, "속에 들어 있는 장이 술과 같기 때문에 야자주라 한다. 그 껍질은 술잔으로 만들어 쓸 수도 있는데, 독한 술을 따라 부으면 장이 끓어 오른다."하였으니, 만약 그렇다면 그 장이란 것은 술과는 같지만 사람을 취하게 하는 것은 아닌데, 원사(袁絲)가 하릴없이 술이나 마시면서 세상을 기다릴 수 있었을까? 동파는 술을 마시지 못한 까닭에 나무에서 나는 달콤한 야자물을 먹고도 오히려 취해서 거의 곤드레만드레하였을 것이다.

　재목으로 쓰는 데도 여러 나무 중에 야자수만 한 것이 없다. 『직방외기(職方外記)』에, "서역에 인제아(印弟亞)란 나라는 바로 천축국 옆에 있는데, 그 지역에는 야자수가 많이 생산되어 천하에서 제일 좋은 재목으로 쓰인다. 줄기는 배와 수레를 만들만 하고 잎은 지붕을 덮을 만하며, 열매는 배고픔을 면할 수 있고 속에서 흘러나오는 물은 갈증을 풀 수도 있다. 또는 술과 식초를 만들 수도 있고 기름과 엿을 만들 수도 있다. 단단한 부분은 깎아서 못을 만들 수도 있고 껍질은 음식을 담을 수도 있으며 속은 새끼를 꼴 수도 있으니, 한 나무에 한 집안이 쓸 수 있는 재료가 다 갖추어졌다."하였다. 대개 중국의 야자수는 교지(交趾 베트남)에서 생산되는 것과 서로 비슷하나, 서양에서 생산되는 야자수는 이와 비교하면 더욱 이상하리라.

　이익은 소동파가 지은 「야자관」 한 구절을 소개하고, 그 뒤를 이어 야자나무의 모양, 열매의 생김새, 야자즙의 맛, 야자나무의 쓰임 등 야자에 대한 자세한 정보를 기술하였다. 다시 열거해 보면 이렇다. 야자는 나무가 크고 잎은 길게 생겼으며, 씨는 한 덩이에 수북하게 들어 있고, 맛은 호도와 비슷하고, 즙은 물처럼 맑고 꿀처럼 달며, 껍질은 술잔으로 쓸 수 있고, 독이 든 술을 넣으면 부글부글 끓어오르며, 야자수는 좋은 재목감으로 쓰이며, 줄기, 열매, 즙, 껍질 등 모든 것을 쓸 수 있다. 위의 글로 야자나무에 대한 더 이상의 설명이 필요 없을 듯하다. 그런데 이익은 무슨 근거로 '동파는 술을 마시지 못한 까닭에 야자즙을 먹고도 취해서 곤드레만드레하였을 것'이라고 했을까? 세상에 많은 시인들이 애주가였듯이 소동파도 술을 대단히 사랑했다. 그는 술을 사랑한 애주가요, 술을 즐겨 마신 음주가요, 술을 만든 제주가요, 술을 찬미한 찬주가였는데 말이다. 아마도 이는, 당시 소동파가 술을 사서 마실 경제적 여력이 없이 매우 곤궁하였기 때문에 '술을 마시지 못한' 것으로 봐야 할 듯하다.

야자를 소재로 한 우리나라 한시를 발견하지 못했기에 부득이 중국 시를 읽어보기로 한다.

하늘이 원앙(袁盎)의 목숨 살리려고 날마다 술이나 마시게 하니
좋은 술이 저절로 숲에서 생겨나 의적 기다릴 필요 없구나.
거친 두건으로 손수 술을 걸러 취객을 맞이하였다가
다시 야자 빈 껍질을 갓쟁이에게 만들라 주었네.
규모가 작고 고졸하여 사람들 다투어 쳐다보나
비녀가 아무리 가볍고 좋아도 머리털은 알지 못한다.

다시 짧은 챙에 높은 모자를 썼으니

동파는 무슨 일로 때를 어기지 않나.

天教日飲欲全絲, 美酒生林不待儀.　천교일음욕전사, 미주생림부대의.

自漉疏巾邀醉客, 更將空殼付冠師.　자록소건요취객, 갱장공각부관사.

規模簡古人爭看, 簪導輕安髮不知.　규모간고인쟁간, 잠도경안발부지.

更著短簷高屋帽, 東坡何事不違時.　갱저단첨고옥모, 동파하사불위시.

「야자관(椰子冠)」

　　앞서 여러 차례 언급했던 소동파의 시다. 첫째 구에 고사를 원용하였다. 즉, 한나라 문제의 신하인 원앙이 오나라로 가려 할 때 그의 조카 원종이 숙부인 원앙에게 이렇게 말했다. "남방은 습한 지역이니 숙부께서는 매일 술이나 마시면서 다른 일은 거론하지 말고, 가끔 오왕에게 조정을 배반하지 말라고 권고만 하세요. 그러면 안전할 수 있을 것입니다."라고. 여기서는 해남으로 유배 온 소동파도 다른 일에 신경쓰지 않고 그냥 술이나 마시겠다는 뜻으로 쓰였다. 그런데 누군가 가져다줄 좋은 술을 기다릴 필요 없이 숲속에 있다고 하였으니, 곧 야자주이다. 옛적 전원에 은거했던 도연명이 갈포 두건으로 술을 걸렀다고 한 고사를 끌어와 소동파 역시 두건으로 야자즙을 거르고 야자 껍질로 모자를 만든다고 하였다. 자못 은자와 풍류객의 모습을 보여주고 있다.

　　그러나 당시 해남 유배 시절임을 생각하면 그저 은자와 풍류객의 모습으로만 비치지 않는다. 해남 시절에 그가 친구에게 보낸 편지에 "우리는 이곳에서 육식은 먹어보지도 못하고, 병이 들어도 약을 써보지 못한 채 넘겨야 하고, 안심하고 거주할 집도 없는 상태이며, 친구 또한 없다. 우리가 필요한 것을 쓰지 못하고 지내는 사정은 일일이 열거할 수가 없다"(임어당, 『소동파평전』, 지식산업사, 1990 참고)면서 궁핍한 생활을 토로한 바 있다. 이로써 보건대, 어쩌면 소식은 아들 과(過)와 함께 야자관을 만들면서 거칠 것 없이 잘 나갔던 과거의 모습과 초라하기 짝이 없는 현재의 모습을 대비하면서 인생의 씁쓸함을 삼켰을지 모른다. 또한 이상야릇한 야자관을 즐겁게 만들어 써 보면서 한때나마 유배 생활의 괴로움을 잊을 수 있었는지 모른다. 소동파는 서울에서 벼슬살이할 때 모자를 직접 디자인해서 만들어 썼는데 당시 사대부들과 학자들이 그가 만든 '자첨모'를 따라서 많이 썼다고 한다. 요즘 말로 '패션리더'였던 것이다. 비록 바다 건너 해남으로 유배를 와서 말할 수 없이 비참한 상황이지만, 그렇다고 기가 꺾이거나 굴복할 소동파가 아니다. 그래서 예의 '패션리더'의 감각을 되살려 아들과 함께 야자 껍질로 갓을 만들었다. 소동파는 천성이 낙천적인 시인이었다. 어떤 이는 소동파를 '구제불능의 낙천가'라고까지 했다. 그가 처한 상황이 어렵다고 하여 그의 성향이 바뀌지도 않았다. 어쩌면 마지막 시구 '동파는 무슨 일로 때를 어기지 않나'는 스스로에게 던지는 문답인지 모른다.

부드러운 술 같은 야자즙은 사람을 취하게 하고
거위 비계처럼 흰 과육은 잘라서 손님 상에 올리네.
박처럼 생긴 과실은 조각할 만하고
도인의 복장엔 옥인의 갓이 어울리지.
浆成乳酒醺人醉, 肉截鹅肪上客盘.　장성유주훈인취, 육절아방상객반.
有核如匏可雕琢, 道装宜作玉人冠.　유핵여포가조탁, 도장의작옥인관.

「야자로 만든 작은 갓을 자여에게 보내며(以椰子小冠送子予 이야자소관송자여)」

　북송 때의 시인이자 서법가인 황정견(黃庭堅, 1045~1105)의 시이다. 야
자즙이 술 같아서 사람을 취하게 한다 하였으며, 거친 껍질 안쪽에 자
리한 하얀 과육을 거위 비계에 비유하였다. 대체로 야자 열매의 즙만
먹는 경우가 많으나 껍질을 반으로 갈라 하얀 과육도 먹으면 맛이 좋
다. 앞서 말했듯이 야자 열매는 표면이 단단하여 아름답게 아로새길
수가 있다. 또한 즙을 다 먹고 난 빈 껍질은 갓처럼 만들어 쓸 수가 있
으니, 이는 소동파의 〈야자관〉을 염두에 둔 표현이다.

　중국에서는 야자를 '하나의 물건을 열 가지 용도로 쓰는[一物而十用其
宜]'나무로 일컫는다. 야자를 극찬한 말이다. 이수광이 『직방외기(職方外
記)』의 기록을 인용해 놓은 것처럼 그 쓰임새가 다양하다는 뜻이다. 과
육은 과육대로, 즙은 즙대로, 껍질은 껍질대로, 나무는 나무대로, 뿌리
는 뿌리대로, 잎은 잎대로, 꽃은 꽃대로 쓰임이 무궁무진하여 무엇하

나 버릴 것이 없는 기특한 나무이다. 야자는 신이 내린 선물 같은 과실이다. 옛날 선비들이 맑은 흥취에 대해 읊은 것 중에 '여름날 오후에 야자 술잔에 오이와 오얏을 띄우고 연꽃을 찧어서 연꽃술인 벽방주를 마신다(午後, 剖椰子盃, 浮瓜沈李, 搗蓮花, 飮碧芳酒. 오후, 고야자배, 부과침리, 도연화, 음벽방주.)'고 한 내용이 있다. 야자 술잔에 연꽃 술이라! 정말 맑은 흥취가 일어난다면 '열 가지의 용도'가 아니라 '열한 가지의 용도'라 해야 할 것이다.

가을

동쪽 울 밑에서
국화꽃을 꺾어 들고
문득 고개 들어
남산을 쳐다보네

採菊東籬下, 채국동리하

悠然見南山. 유연견남산

음주(飮酒) _도잠(陶潛)

가을

으름은 한국 바나나

　으름은 덩굴식물이다. 줄기는 '목통(木通)' 혹은 '통초(通草)'라고 한다. 4~5월에 보랏빛 꽃을 피워서 10월경에 열매를 맺는다. 대개 음력 팔월에 익는다고 하여 '팔월과(八月瓜)' 혹은 '팔월찰(八月札)'이라고도 했다. 열매 안에 들어있는 까만 씨를 먹으면 예지력이 생긴다 하여 '예지자(預知子)'라고 한다. 조금 단단한 껍질을 벗겨내면 바나나처럼 뽀얗고 길쭉한 모양의 열매가 나온다. 잘 익은 바나나 맛 그대로 포시락하고 달달하다. 대개 사물의 이름은 족두리를 닮아서 족두리꽃, 비단 주머니 같아서 금낭화라고 하듯이, 그 생김새에서 결정 난다. 으름의 생김새를 보고 이름을 지으려니 거북하고 민망했나 보다. 그래서 '숲속의 부인'이란 뜻으로 '임하부인(林下婦人)'이라 별칭했다. 자세히 보면 '임하부인'이라 한 이유를 알 수 있다. 그래서 그런가, 이 열매는 여자에게 이롭다. 해산 후 젖이 잘 나오지 않을 때 이 열매를 약재로 썼다. 돼지족발 1개와 통초 4냥을 넣고 끓여서 그 즙을 먹으면 좋다고 했다.

『조선왕조실록』에는 "포도와 목통 열매 등을 서리 내린 뒤에 외방에서 채취하여 대궐 안으로 들이라."는 〈연산군 5년 기미(1499) 9월 1일(무오)〉의 기록이 보인다. 그 이듬해에는 으름을 승정원에 내리면서 이것을 맛보고 농담시를 지어 바치라는 어명을 내리기도 했다. 어명을 받은 신하들이 어떤 농담시를 지어서 올렸는지는 실록에 나오지 않아 알 수 없으나, 모르긴 몰라도 진땀빼지 않았을까 싶다. 순조 때는 중궁전에 목통차(木通茶)를 올렸다는 기록이 두 차례 보인다.

조선의 실학자 홍만선(洪萬選, 1643~1715)이 엮은 백과사전에 해당하는 『산림경제』에도 으름이 기록되었다. 전문을 옮겨보면 다음과 같다.

목통(木通) 으름덩굴. 통초(通草)라고도 한다. "산속에서 나고 곳곳에 다 난다. 등나무 같이 덩굴진다. 크기는 손가락만 하다. 마디마다 2~3가지가 있고, 가지 끝에 5엽이 나고 줄기에는 가는 구멍이 뚫려 있어 아래위로 통하므로 한쪽 끝을 물고 불면 기운이 저쪽 끝으로 나가는 것이 좋다.(『증류본초』)" "정월과 2월에 가지를 따서 음건한다.(『증류본초』)" "강원도에서 한 종류가 나는데 이름을 목통이라 한다. 그 빛깔은 황색이고 맛은 쓰다. 습기로 인한 열을 배출하고 간장(肝臟)을 잘 통하게 하는데 효력이 있고 종기를 치료하는 데에

도 효력이 있다. 이는 하나의 별품(別品)이다. 어떤 사람은 목방기(木防己)라고
도 하면서 습기를 배출하는데 최고의 약이라고 한다.(『동의보감』)"

으름이 습기로 인한 열을 배출하고 종기나 부스럼 같은데 효과가
있는 약재임을 알 수 있다. 또한 『본초습유(本草拾遺)』에도 대소변을 용
이하게 하고 갈증을 멎게 하고 하기(下氣)작용이 있다고 했다.

한편, 으름과 비슷한 열매 중에 연복자(燕覆子)가 있다. 『성호사설』에
는 "연복자는 즉 목통 중의 특이한 종류로서 열매는 크기가 모과와 같
고 맛은 아주 향기롭다. 지금 목통 열매라는 것은 모과에 비하면 동떨
어지게 작은데, 『본초』에 작은 모과와 같다."라고 하였다. 여기서는 목
통 중의 특이한 종류로 연복자를 말하고 있는데, 연구자에 따라 목통
과 연복자를 같은 종으로 분류하기도 하고, 다른 종으로 분류하기도
한다. 참고로 『동의보감』에는 목소리가 나오지 않을 때 연복자와 통초
를 쓴다고 기록하였다. 그러나 실제 민간에서는 연복자와 목통(혹은 통
초)를 구분하지 않고 모두 '으름'으로 여겼던 것으로 보인다.

이제 으름을 소재로 한 한시를 읽어보기로 한다.

옛적 민원리와 나귀 타고서 용문산을 방문한 적 있었지.
가을 서리 내리고 온산에 붉은 낙엽 흩날릴 제
말에서 내려 가파른 골짜기를 오르는데 마치 험한 촉 땅을 찾아가는 듯했네.
가파른 절벽이 좌우에 우뚝하여 으름넝쿨을 잡고 움츠리며 올라갔지.

으름이 막 껍질 터져 향긋하고 진진한 흰 즙 뿜어 나오는데

예쁜 처녀 숲속에 내려와 향기로운 바람으로 내 넋을 빼앗아가는 듯했네.

시원한 신선 즙을 한번 마시고 다시 따뜻한 맑은 진액 핥았더니

바싹 마른 목구멍을 기분 좋게 적셔주고 어둔 가슴속을 단번에 씻어주었네.

마부가 주렁주렁 달린 열매 따오자 다람쥐나 원숭이처럼 쪽쪽 소리 내며 먹었지.

밤이 깊어 계곡을 나오니 지는 달이 금분을 비추었네.

昔與閔元履, 跨驢訪龍門.　석여민원리, 과려방용문.

三秋白露瀼, 萬山紅葉翻.　삼추백로양, 만산홍엽번.

下鞍陟峻壑, 參井如可捫.　하안척준학, 참정여가문.

峭壁左右矗, 蓮藤挐且蹲.　초벽좌우촉, 통등라차준.

鷰覆初破瓜, 素乳芳津歕.　연복초파과, 소유방신분.

倩女林下來, 香颮蕩精魂.　천녀임하래, 향시탕정혼.

一歃瓊漿寒, 再舐玉液溫.　일흡경장한, 재지옥액온.

快潤喉吻燥, 頓滌胷襟昏.　쾌윤후문조, 돈척흉금혼.

僕夫纍纍懸, 嘲啈似貐猨.　복부류류현, 곽탁사루원.

夜深出谷去, 落月到金盆.　야심출곡거, 낙월도금분.

「연복(鷰覆)」『담정유고(薄庭遺藁)』

조선 후기에 활동했던 김려(金鑢, 1766~1821)의 시이다. 정조로부터 패관소품에 힘쓰는 자라 지탄을 받고 10년 가까이 유배 생활을 한 적이 있는 문인이다. 경기도 양평에 있는 용문산에 올라가서 으름 즉 연복

가을 으름은 한국 바나나

자를 맛본 경험을 시로 쓴 것이다. 함께 동행한 민치원(閔致福, 1766~1814)은 자가 원리(元履)로, 역시 시문에 능했던 인물이다. 시인은 으름을 맛보고 '마치 예쁜 처녀가 숲속에 내려와서 그녀가 내뿜는 향기로운 바람에 넋이 나간 듯하다'고 낭만적으로 묘사했다. 이는 으름의 별칭이 '임하부인'임을 염두에 둔 표현이다. 으름이 갈증 나는 목을 적셔 주고 가슴을 시원하게 씻어 준다고 했다. 이 시에는 '목통의 열매를 연복자'라 한다는 세주가 달려 있다. 혹자는 연복자와 으름을 다른 종으로 보고, 가장 큰 차이는 열매가 익었을 때의 모습이라고 했다. 즉, 으름은 익으면서 가운데가 세로로 벌어지는 반면 연복자는 벌어지지 않는다고 했다.(박상진, 『우리 나무의 세계 1』, 김영사 참고) 그런데 위의 시에서 '연복자가 껍질이 터졌다[破瓜]'고 한 것을 보면, 으름이 틀림없어 보인다.

꿀보다 달고 얼음보다 시원해
숲속의 진진한 맛 그윽도 하여라.
다래와 함께 뒤에 둘만 하나
어찌 고욤과 나란히 할 수 있으랴.
甜於崖蜜冽於霜, 林下津津氣味長.　　첨어애밀렬어상, 임하진진기미장.
堪與猴桃爲後殿, 詎隨羊棗得聯行.　　감여후도위후전, 거수양조득연행.

　　　　　　　　　　　　　「연복자(燕覆子)」『낙하생집(洛下生集)』

조선 후기 이학규(李學逵, 1770~1835)의 시이다. 그는 이용휴의 외손으로 일찍이 정조에게 인정을 받으면서 문명을 날렸으나, 신유사옥에 연루되어 24년간 유배 생활을 한 문인이다. 앞의 시는 유배 생활 중에 지은 것으로 보인다. 으름은 그 맛이 달면서 시원하다고 했다. 두 번째 구에서도 으름의 별칭 '임하부인'을 연상하였다. 미후도라 불리는 다래와 으름은 세상 사람들이 맛있게 여기는 과일이지만, 그렇다고 고욤과 그 지위가 같을 수는 없다고 하였다. 양조는 증자의 아버지 증석이 좋아하였던 과실로 여기에는 효성의 이미지가 결부되어 있다. 아마도 시인에게는 으름이 고욤의 달달함만 못하다고 여겼던 듯하다.

그 어느 시절보다도 먹을 것이 풍성한 시대를 살고 있다. 자생종은 물론 바다 건너 수천 리 머나먼 이국땅에서 자라는 외래종도 쉽사리 먹을 수 있게 되었다. 자생종도, 외래종도, 입에 맞으면 그것으로 족하다. 국수주의자처럼 '신토불이(身土不二)'를 힘껏 외치는 시대는 지나가 버렸다. 세상에 맛있는 과일이 얼마나 많은데, 우리 땅에서 난 것만 고집할 필요가 있나. 다만, 예로부터 먹어온 것들에 대한 따뜻한 '관심'만은 사라지지 않았으면 좋겠다. 거기에는 역사와 문화가 있고, 기억할 만한 추억이 담겨 있기 때문이다. 한국 바나나라 불리는 '으름'을 먹으면서 아버지와 할아버지의 어린 시절을 되살린다면 얼마나 따뜻한가.

가을 으름은 한국 바나나

다래는 토종 키위

　다래? 다래가 무엇인지 언뜻 생각나지 않으면 "살어리 살어리랏다 靑山(청산)애 살어리랏다/ 멀위랑 ㄷ래랑 먹고 靑山(청산)애 살어리랏다 / 얄리얄리 얄랑셩 얄라리 얄라"로 시작하는 고려가요 「청산별곡(靑山別曲)」의 첫머리를 읊어보자. 거기에 '다래'가 등장한다. 다래는 아주 옛날부터 우리나라 깊은 산이 있는 곳이면 어디서든 누구나 쉽게 따서 먹을 수 있는 과실이었다. 그렇다고 흔해서 천시받은 과실은 아니었다. 매해 9월 종묘에 천신할 때의 물품에 생기러기, 석류, 머루와 함께 다래가 포함되었다. 『조선왕조실록』에 "다래가 서리를 맞아 저절로 익은 것을 경기의 각 고을로 하여금 봉진하게 하라."는 〈연산군 8년(1502) 10월 7일〉의 기록을 통해서 알 수 있듯, 대궐에서도 먹었던 과실이었다.

　다래는 한자로 '달애(怛艾)', '달애(炟艾)', '달애(達愛)'로 쓰기도 한다. 음은 같은데 한자를 달리 썼다. 다래는 등나무처럼 넝쿨을 이룬다고 하여 '등리(藤梨)', '등천료(藤天蓼)'라고도 했다. 또 원숭이가 좋아한다고 하여 '미후리(獼猴梨)', '미후도(獼猴桃)'라고도 했다. 조선 시대 이덕무(李德懋, 1741~1793)의 문집인 『청장관전서』에는 다음과 같이 다래를 기록하고 있다.

　다래[怛艾] : 미후도(獼猴桃)는 일명 연도(輭桃)이고 속명은 다래[達愛]이다. 『여지승람』에, "고려 신종 초년에 최충헌이 환관 민식 등을 축출하자고 주청할 때, 세속에서 왕이 다래정[怛艾井](상고하건대, 다래[怛艾]는 곧 다래[達愛]와 동음(同音)이다.)의 물을 마시면 환관들이 권세를 부린다고 하여 다래정을 허물어 버렸다."고 하였다. 속어로 등리(藤梨)를 다래[怛艾]라 하는데, 등리 두 글자는 아주 새롭다.

　다래는, 봄에 갓 올라온 야들야들한 연둣빛 순을 따서 나물로 무쳐 먹기도 한다. 다래순 나물은 소박하지만 봄의 향기를 만끽하기에 더없이 근사하다. 봄에 채취해서 말렸다가 한겨울에 묵나물로 밥상에 올리면 또 다른 별미이고 품격있는 반찬이 된다. 『동의보감』에는 "다래의 성질은 차고, 맛은 시고 달며, 독이 없다. 심한 갈증과 번열을 멎게 하며, 비장과 위를 차갑게 한다."라고 기록되어 있으니, 다래는 약재로도 활용된다. 다래는 참다래, 개다래, 쥐다래, 섬다래, 녹다래 등 여러 종류가 있다.

다래가 깊은 산골짜기에서 어렵지 않게 볼 수 있는 과실이지만, 역대 문헌에는 이를 소재로 한 한시가 그리 많지 않다. 흔해서 주목받지 못한 것이리라. 이제 몇 편을 읽어보기로 한다.

높은 나무에 드리운 덩굴 무성하고
가을 줄기에 서리 흠뻑 내렸네
노니는 사람 자주 폐가 말라
따는 열매 반드시 연방이구나
부드럽기는 서시유 떠오르고
맑기는 옥녀장을 알 만하네
고향 산에는 늦게 떨어질 터
돌아가 늦가을 숲에서 맛보리라

喬木深垂蔓, 秋條正飽霜.　교목심수만, 추조정포상.
游人頻渴肺, 摘子必連房.　유인빈갈폐, 적자필연방.
滑憶西施乳, 淸知玉女漿.　활억서시유, 청지옥녀장.
鄕山後搖落, 歸及晩林嘗.　향산후요락, 귀급만림상.

「속칭 미후도라는 열매를 먹다(喫林果俗名獼猴桃 끽임과속명미후도)」『동주집(東州集)』

동주 이민구(李敏求, 1589~1670)의 시이다. 1631년 이민구는 신익성, 이

소한 등과 같이 26일에 걸쳐 금강산 유람을 하고 돌아왔다. 그때 지은 200여 편의 작품을 엮어 동유록(東遊錄)이라 하였는데, 위의 시는 바로 그 당시에 지은 것이다. 여행길에서 '미후도'라 불리는 다래를 따서 먹었다. 아주 부드러웠다. 마치 복어 배 안에 있는 희고 살진 기름덩이 같았다. 사람들은 그 맛이 어찌나 맛있었는지, 중국의 4대 미녀인 서시의 뽀얀 가슴에 비유하여 '서시유'라 했다. 또 다래는 그 맛이 맑았다. 전설 속 선녀가 마시는 음료 같았다. 시인은 고향으로 돌아가서 다시 먹어보겠다고 하였으니, 꽤나 맛있었던 모양이다.

이번에는 계곡 장유(張維, 1587~1638)의 시를 들어본다.

> 시렁에 넝쿨 올라간 지 몇 년도 안 되어
> 아니 벌써 푸른 다래 주렁주렁 달렸나요
> 씹어 먹으니 달콤하고 시원하여 병든 폐 소생할 듯
> 신선에게 선도 복숭아 구할 필요 없겠어요
> 蒼藤成架幾多年, 翠實驚看纍纍懸.　창등성가기다년, 취실경간류류현.
> 嚼罷甘寒蘇病肺, 蟠桃何必問群仙.　작파감한소병폐, 반도하필문군선.
> 「장주의 숙부께서 미후도를 보내 주신 것에 감사드리며 그 시에 차운하다
> (奉謝長洲叔餉獼猴桃次韻 봉사장주숙향미후도차운)」 『계곡집(谿谷集)』

시제에 보이는 장주는 황해도 장연을 가리킨다. 『세종지리지』에 황해도에서 '다래'를 진상했다는 기록이 있으니, 이곳의 다래가 특별히

맛이 있었던 것으로 보인다. 황해도에 계신 숙부께서 다래를 보내신 것이다. 시인은 다래의 맛이 달콤하고 시원해서 병든 폐가 나을 것 같다고 했다. 그리고 신선이 먹어서 장수한다는 선도 복숭아를 구태여 찾을 필요가 없다고도 했다. 다래를 보낸 숙부가 이런 감사의 뜻을 전하는 시를 받는다면 어떤 기분일까? 아마도 흐뭇하게 미소지을 것으로 보인다.

조선 후기의 문인 이학규(李學逵, 1770~1835)도 다래 시를 남겼다.

마산 유포를 지나는 길에
머루랑 다래가 한창 때를 만났어라.
서리 늦은 남방이라 더디 맛보는데
검게 익은 열매 해마다 공연히 목구멍 자극하네.
麻山柳浦經行處, 蘡覆猴桃恣意秋.　마산유포경행처, 연복후도자의추.
南州霜晚遲回味, 窨熟季季讓刺喉.　남주상만지회미, 음숙년년만자후.

「미후도(獼猴桃)」 『낙하생집(洛下生集)』

이학규는 그의 나이 32세에 신유사옥에 연루되어 전라도 능주, 경상도 김해 등에서 24년간 유배 생활을 한 바 있다. 김해에서 살던 집의 당호를 '인수옥(因樹屋)'이라 하고 10여 년간 지은 시문을 엮어서 '인수옥집(因樹屋集)'이라 하였는데, 위의 시는 바로 그 당시에 지은 것이다. 마산과 울산의 유포는 모두 김해 근처이다. 이곳은 남방이라 아무래도 서리가 늦게 내리고, 과실도 더디 익는다. 다래가 익어서 초록빛일 때는 시큼털털하다가 더 익으면 거무스름해지면서 신맛은 줄어들고 더 달큰한 맛이 된다. 달큰한 다래가 목구멍을 넘어갈 때, 어떤 느낌일까?

다래를 흔히 '토종 키위'라고 한다. 그 모양이 키위와 닮은 데가 있기 때문이다. 키위는 겉에 잔털이 있어서 깎아 먹어야 하지만, 방울토마토 크기의 다래는 동글동글하면서 겉이 매끌매끌해서 깎을 필요 없이 바로 먹을 수 있다. 다래도 키위처럼 속살에 타원을 따라 까만 씨가 촘촘히 박혀 있다. 겉은 다르지만, 속은 많이 닮았다. 맛도 새콤달콤하니 비슷하다. 정말 다래는 '토종 키위'라 해도 무방하다. 그래도 키위와 다래는, 어감이 다르다. 토종이 붙은 다래가 더 순박하고 진국처럼 느껴지는 것은 어린 시절에 먹어 본 그 맛을 잊지 못해서일까.

꽈리 불어봤나요?

한여름에 흰색 꽃을 피운 꽈리는 가을이 되면 빨간 주머니 속에서 빨갛게 익는다. 어떤 것은 노랗게도 익는다. 그 모양이 작은 주머니 같기도 하고, 우리의 신체기관인 허파와도 닮은 듯하다. 그 맛은 약간 시면서 달달하다.

이 열매가 기록된 가장 오래된 문헌은 중국의 『이아(爾雅)』로, "침(葴), 한장(寒漿)"이라 되어 있다. 침이 꽈리이다. 이 열매처럼 다양한 이름도 드물지 싶다. 별칭을 나열해보면, '초장(醋漿)'·'피변초(皮弁草)'·'산장초(酸漿草)'·'고탐(苦耽)'·'금등초(金燈草)'·'홍낭자(紅娘子)'·'왕모주(王母珠)'·'고랑채(姑娘菜)'·'홍고랑(紅姑娘)'·'천포초(天泡草)'·'산호가(珊瑚架)'·'구고우(九古牛)'·'포자초(泡子草)'·'화고랑(花姑娘)'·'고랑화(姑娘花)'·'타박초(打樸草)'·

'등롱초(燈籠草)'·'등롱아(燈籠兒)'·'엽하등(葉下燈)' 등이 있다. 색이 붉고 구슬같이 동글동글한 모양과 시큼한 맛이 이름에 그대로 들어 있다.

우리나라 문헌에도 꽈리가 보인다. 한치윤(韓致奫, 1765~1814)이 편찬한 『해동역사(海東繹史)』에 "조선의 특이한 산물로는 필관과 산장이 있다. 산장은 입이 뾰족하고 줄기는 푸르거나 붉으며, 맛은 달고 시다. 산장은 세속에서는 '꽈리'라고 부른다."고 한 것이 보인다. 또한 이규경(李圭景, 1788~1856)이 저술한 『오주연문장전산고』에 흥미로운 기록이 실려 있다. 전문을 옮겨보면 다음과 같다.

홍고낭(紅姑娘)은 『본초강목』과 『고금주』에 피변초(皮弁草)라고 한다. 왕모주(王母珠)라고 많이 부르는 것이 곧 산장초(酸漿草)이다. 유승암(楊升菴)의 『단연총록(丹鉛總錄)』에 의하면 홍고랑은 원나라 때 고궁계단에 많이 있었다고 하는데 바로 지금의 산장초이다. 고깔 같은 주머니가 있고 그 안에 커다란 구슬처럼 씨가 들어 달려 있다. 열매가 자랄 때는 파랗다가 익으면 붉어지며, 맛은 달고 시어서 먹을 만하다. 여자 아이들이 안에 있는 씨를 빼낸 뒤 입에 물고 공기를 넣어 공처럼 부풀어 오르게 하고서 치아로 누르면 '삑삑' 소리가 나서 놀잇감이 된다. 우리나라 풍속에 고아리(古兒里 꽈리)라고 한다.

문헌 속에 보이는 꽈리의 별칭을 나열하고, 당시 꽈리를 놀잇감으로 했던 민속놀이를 소개하고 있다. 잠시 꽈리 만드는 과정을 말해 보면 이렇다. '빨간 주머니 속에 노랗게 잘 익은 구슬 같은 열매가 하나 있다. 그 열매를 조물락조물락해서 말랑말랑해지게 만진 다음에 꽈리 꼭지 부분에 조그만 구멍을 낸다.(구멍이 너무 작으면 씨를 빼는데 힘들고, 너무 크면 나중에 풍선을 불 때 바람이 빠진다.) 그리고 한 손에는 말랑해진 열매를 들고 다른 한 손에는 바늘을 들고서 열매 안에 있는 씨를 빼낸다. 손길 이 차분하지 않으면 날카로운 바늘이 꽈리 열매를 뚫게 되는 일이 많 은데, 그러면 말짱 '꽝'이 되기 때문에 조심해야 한다. 조심하느라 긴 장했던 손에 땀이 배어 나올 수도 있다. 손바닥에 배인 땀을 옷에 쓱 닦고서 다시 열매의 씨를 빼는데 혼신의 힘을 기울인다. 이제 열매를 터트리지 않고 씨를 다 빼냈으면 흐르는 물에 깨끗이 씻는다. 그리고 입에 물고 '후'하고 공기를 넣어서 풍선처럼 부풀려본다. 벙그렇게 부 풀린 열매를 한쪽 치아로 누르면 '삑삑'소리가 난다. 그러면 성공한 것 이다. 그 소리가 신기해서 '누가 더 길게 하나' 내기를 했다. 입을 잔뜩 오무려 꽈리 불기를 여러 차례 하면 귓불 주위에 힘이 들어가 찌르르 하게 된다.' 까마득히 잊혔던 어린 시절의 추억이 이 자료를 통해 되살 아났다. 18세기의 어린 여자애들이 이런 놀이를 하면서 놀았다니, 그 리고 그것이 내 어린 시절까지 이어져 왔다니! 유전자의 힘이란 놀랍 고 신기하다.

꽈리를 소재로 한 한시가 있어 소개해 본다.

온갖 꽃 시들고 또 가을바람 부는데
유독 꽈리만 있어 찬란한 꽃을 피우누나

굴원의 이소에는 비록 버림을 받았지만

희농의 본초에는 힘을 보태려 하였네

계집애는 자잘한 꽃 따서 비녀 위에 꽂고

아이들은 몰래 훔쳐 소매에 가득하여라

병이 많은 늙은이 한 번 웃음 짓노라니

사물에 대한 느낌 끝없이 생각나는구려

百花衰謝又秋風, 獨有酸漿爛熳紅.　백화쇠사우추풍, 독유산장난만홍.

屈子離騷雖見擯, 羲農本草欲輸功.　굴자이소수견빈, 희농본초욕수공.

小娥細摘簪頭上, 童子潛偸滿袖中.　소아세힐잠두상, 동자잠투만수중.

多病老翁成一笑, 感時感物思無窮.　다병노옹성일소, 감시감물사무궁.

「꽈리를 읊다(詠酸漿 영산장)」『사가집(四佳集)』

　　조선 전기를 대표하는 시인 서거정(徐居正, 1420~1488)의 작품이다. 꽈
리는 대개 9월, 10월이면 열매를 맺는다. 이때에는 다른 꽃들이 시들
어 떨어지고 찬 바람이 부는 시절이니, 나무마다 빨갛게 맺힌 꽈리가
주렁주렁 열리면 꽃처럼 아름답다. 아니 꽃보다 눈부시다. 멀리서 보
면 붉은 작은 홍등을 매달아 놓은 듯하다. 굴원의 『이소』에는 허다한
향기로운 풀들이 실려 있지만 유독 꽈리만은 빠져 있다. 대신 『본초』
에는 실려 있다. 기운을 돋우고 소변을 잘 나오게 하며, 기침과 풍열을
다스리고 눈을 밝게 하는 효능이 있다고 한다. 꽈리는 담장 밑에, 정원
에, 골목 어귀에 어디서든 쉽게 볼 수 있는 열매였다. 관상용으로도 보

기 좋은 식물이고, 아이들에게는 놀잇감이 되기도 했다. 계집애들은 꽃을 따서 머리에 꽂고 사내애들은 그걸 훔쳐 소매 속에 넣으며 노는 모습을 보니, 시인은 그저 흐뭇해 웃음이 저절로 지어진다고 했다. 한 가로운 풍경이다.

섬돌 밑에 여기저기 나서
가을 추워질 때까지 생장하더니
갑자기 푸른 비단 자루 보이고
속엔 붉은 옥구슬을 매달았구나
껍질 벗기니 별처럼 찬란하고
꿀을 타니 이슬이 엉긴 듯하네
알겠구나 장이라고 명명한 뜻을
강론하는 마른 혀를 적시어 주니

紛生堂陛下, 長養到秋寒.　분생당폐하, 장양도추한.
忽見青羅袋, 中懸赤玉丸.　홀견청라대, 중현적옥환.
剝皮星燦爛, 和密露凝漙.　박피성찬란, 화밀로응단.
識得名漿意, 能沾講舌乾.　식득명장의, 능첨강설건.

「꽈리(酸漿子 산장자)」『허백당집(虛白堂集)』

조선 시대 성현(成俔 1439~1504)의 시이다. 위의 시는 「외가팔영(外家八詠)」이라 하여 석류, 포도, 푸른 국화, 대두, 생강, 꽈리, 피마자, 여뀌 등

여덟 편의 시를 읊은 것 중에 들어 있다. 일반적으로 '외가'는 어머니의 집을 뜻하지만 성현의 시에 「내가팔영(內家八詠)」이 별도로 있는 것으로 보아, 본처 외에 별도로 둔 첩이 사는 집을 뜻하는 듯하다. 푸른 비단 자루에 붉은 옥구슬이 매달렸다고 꽈리의 모양을 표현했다. 껍질 속에 들어 있는 수많은 씨앗을 반짝이는 별에 비유한 것은 참신하다. 대개 꽈리를 날것 그대로 먹기도 하나 그 신맛으로 인해 꿀에 타서 먹기도 하고, 정과를 만들어 먹기도 한다. 모든 과일이 그렇듯이 꽈리도 갈증을 해소하는 작용이 있다고 했다. 꽈리에 대한 충실한 정보를 알려주는 영물시다.

꽈리는 한국과 중국, 일본에서 널리 볼 수 있는 과일이다. 실제 한국에서는 과일이라고 해도 그리 많이 먹지 않는데 중국에서는 사과나 배를 먹듯이 대량으로 소비한다. 이 과일에는 해열·해독·이뇨작용이 있으며, 기침과 인후통에 효과가 있고 소변을 용이하게 해준다. 토마토나 무에 비해 칼슘과 비타민C의 함유량이 아주 높다고 하니 영양학적으로도 뒤지지 않는다. 꽈리는 그 잎을 데쳐 먹을 수 있다. 또 꽈리는 색감이 고와서 샐러드에도 썩 잘 어울린다. 꽈리 역시 활용도가 높은 과실이다. 어디 그뿐인가, 18세기 어린애들이 했던 것처럼 꽈리를 풍선처럼 불어보는 놀이도 할 수 있지 않는가.

소화에 좋은 **산사자**

"산사자를 보내주신 정의(情誼)에 매우 감사드립니다. 소화에 좋다고 하니, 벽에 걸어 두고 매 식후에 따서 맛보겠습니다."

윤증(尹拯, 1629~1714)이 쓴 편지의 한 대목이다. 상대가 산사자를 보내준 것에 감사하다고 하면서 소화에 좋은 이것을 매 식후에 먹겠노라는 말도 함께 전했다. 산사자가 무엇인가? 꼭 사과처럼 생겼으나 훨씬 작다. 야물딱지게 생겼다. 하얀 반점이 돌기처럼 돋아있다. 맛은 시금털털하다. 어떤 것은 끝이 아리다. 과일로 먹기에는 과육이 그리 풍성하지 않다. 그래도 잠깐의 갈증을 푸는 데는 요긴하다. 사과보다 작다고 해서 일명 '애기사과'라고 한다. 산사나무 열매는 정식 명칭이 산사자(山楂子)이다. 산사자 나무는 아가위나무, 야광나무, 동배나무, 이광나무, 뚱광나무 등 여러 가지 방언으로도 불렸다.(최영전, 한국민속식물, 아카데미서적, 1997.) 중국에서는 당구자(棠毬子), 산리과(山裏果), 산리홍(酸裏紅), 산자(酸棗), 홍과(紅果), 홍과자(紅果子), 산림과(山林果) 등의 별칭이 있다.

산사자가 정말 소화에 도움이 될까? 허준의 『동의보감』에는 "식적(食積 음식물이 정체된 증상)을 삭히고 오랜 체기를 풀어 주며 어혈이 뭉친 것, 담(痰)으로 덩어리가 생긴 병증를 삭히고, 비(脾)를 든든하게 하며 가슴을 시원하게 하고, 이질과 종창을 치료하는데 도움이 된다."고 하였다. 그러니 소화에 도움이 되는 것은 확실하다. 민간에서는 고기 먹고 체했을 때 산사자를 자주 먹는다. 산사자는 민간의 상비 소화제인 셈이다.

선인들의 문집을 보면, 산사자를 생으로 먹었다는 기록보다는 차로 마시거나 약재를 섞어 달여서 먹었다는 기록이 더 많다. 예를 들어 조선왕조실록 〈순조 2년〉에 "중궁전에는 산사길경차(山査吉更茶)를 달여서 올렸다."거나 『의림촬요』에 "끼무릇[半夏], 누룩, 하눌타리 씨[瓜蔞仁] 등을 산사자와 볶아서 환약을 만들어 먹으면 음식 먹은 것이 쌓여서 가래가 막혀 숨이 찬 것을 치료한다"는 기록이 그러하다. 홍만선의 『산림경제(山林經濟)』에도 "산중 곳곳에 나는데 반쯤 익어 맛이 시고 떫은 것을 채취하여 약에 넣는다. 오래 묵은 것이 좋으며 물에 씻어 연하게 쪄서 씨를 제거하고 볕에 말린다."라고 소개하고 있다.

산사자를 소재로 한 한시는 다음의 시가 유일해 보인다.

10월이라 찬서리 흠뻑 내리고

산사자 이미 말랐구나.

그 열매 먹으면 소화 잘되니

풍취와 맛이 전연 없진 않네.

十月清霜重, 山査實已枯. 시월청상중, 산사실이고

喫來消食氣, 風味未全無. 끽래소식기, 풍미미전무.

「산사를 따며(摘山査 적산사)」『구당선생집(久堂先生集)』

조선 시대 박장원(朴長遠, 1612~1671)의 시다. 산사자는 5월에 배꽃처럼
화사하게 핀다. 그래서 서양에서는 5월에 화사하게 핀 하얀 꽃을 두고
'메이플라워(May flower)'라고 부른다. 그러다가 9월이나 10월이 되면 빨
간 열매가 맺히는데 모양은 석류와 비슷하다. 10월이 되어 서리가 내
리면 산사는 거의 다 익는다. 박장원은 위의 시에서 산사열매가 소화
를 돕는 효능이 있기에 과실로서의 매력이 전혀 없는 것이 아니라고
하였다. 역시 이 시에서도 산사는 소화를 돕는 과실이라는데 초점을
맞추고 있다.

산사나무는 아가위나무라고도 불린다. 그래서 산사나무에 맺히는
하얀 꽃을 아가위꽃이라고 한다. 우리 선인들의 문집에는 열매보다 아
가위꽃을 노래한 시편이 훨씬 많다. 예컨대 다산 정약용의 「절에서 자
며(宿寺 숙사)」에 "우리의 아름다운 아가위꽃이, 안팎의 집안 간에 서
로 비치어 너그럽게 대하고 격려도 하니 가슴속에 정성이 일어나누나

(以我常棣華, 交輝照戚晼. 이아상체화, 교휘조척완. 怡怡復偲偲, 衷素發忱悃. 이이부시시, 충소발침곤.)"라고 한 것이 그러하다. 위의 시에서 다산이 노래한 아가위 꽃은 형제간의 우의를 빗대어 표현한 것이다. 즉, 자신과 형인 정약전 이 아가위꽃처럼 우애가 있음을 드러내었다. 이처럼 한시에서 아가위 꽃이 '형제간의 우애'를 상징하게 된 배경은 『시경』에서 기원하였다. 『시경』에는 〈상체(常棣)〉라는 편명이 있는데, 거기에 "아가위꽃이여! 그 꽃송이 울긋불긋 아름답네. 오늘의 모든 사람 중에 형제보다 좋은 건 없네(常棣之華, 鄂不韡韡. 상체지화, 악불위위. 凡今之人, 莫如兄弟. 범금지인, 막여형 제.)"라는 시구가 보인다. 꽃과 꽃받침이 서로 의지하여 아름다운 꽃을 피우는 것을 마치 형제가 서로 잘 지내는 것에 비유한 것이다.

산사자는 중국에서도 생산되는데, 우리나라의 산사보다 훨씬 크다. 그래서 조선 시대 박지원의 『연행일기』에는 "산사의 크기가 배(梨)만 한데, 100개 중에 하나도 좀 먹은 것이 없다. 살이 두껍고 맛이 좋다." 라고 기록하였다. 또 박지원보다 50년쯤 뒤인 1832년에 중국에 다녀온 김경선도 "산사자는 크기가 배(梨)만 한데 하나도 벌레 먹은 것이 없 다. 살이 두툼하고 맛이 좋으며 새끼줄에 꿰어서 판다."라고 기록하였 다. 이처럼 중국을 다녀온 대부분의 조선인들은 산사자가 배처럼 커다 란 것을 보고 놀라워 기록으로 남겼다.

중국인들은 산사자로 정과 혹은 과자를 만들거나, 가루를 내어 꿀 을 타서 떡을 만들어 먹기도 한다. 또 얇게 저며서 말린 산사자를 차 로 끓여 마시기도 한다. 그중에서도 산사자가 나오기 시작하는 초가을부터 이것으로 만든 탕후루는 남녀노소 누구나 좋아한다. 중국어로는 '삥탕후루[冰糖葫蘆 bīngtánghúlú]'라고 한다. 이것은 산사자를 나무 꼬치에 알알이 꿰어서 꿀이나 설탕을 얇은 얼음처럼 옷을 입힌 것이다. 멀리서 보면 붉은 꽃이 핀 것 같이 화사하다. 산사자 특유의 시고 달콤한 맛에 설탕의 단맛이 어우러져 빚어낸 식품이다. 탕후루는 수(隋)나라 말기부터 먹기 시작하여 지금까지도 중국인들이 좋아하는 전통 간식이다.

산사자로 만든 탕후루를 중국인들이 즐겨 먹는 데에는 그만한 이유가 있다. 그것은 육류와 기름을 즐겨 먹는 중국인의 음식 습관과 소화 작용을 돕는 산사자가 궁합이 잘 맞기 때문이다. 세계 어느 나라에 뒤지지 않는 음식궁합을 강조하는 중국인의 음식문화를 이러한 데에서도 확인할 수 있다. 또 하나, 산사자에는 다이어트 효과가 뛰어나서 특히 여성들이 좋아한다고 한다.

미인은 **석류**를 좋아한다?

　　석류(石榴), 석류를 생각하면 제일 먼저 '미녀는 석류를 좋아해'라는 광고 카피가 떠오른다. 과연 미녀가 석류를 좋아할까? 혹은 석류를 먹으면 미녀가 될 수 있을까? 정말 여자에게 석류는 좋은 과일일까? 결론부터 말한다면, 석류는 여러 가지 면에서 여성성과 관련이 깊다. 석류는 오월에 붉은 꽃이 피어서, 붉고 단단한 껍질 속에 보석같이 빛나는 빨간 열매를 가득 품고 있다. 그래서 석류는 붉은빛으로 이미지화되어 있다. 그 맛이 새콤달콤하기 때문에 앙탈을 부리는 요염한 젊은 여성을 닮았다. 한편으로, 잘 익은 석류는 입을 앙다물고 한없이 무언가를 안으로 삭히고 있는 여인네를 닮은 것도 같다.

　　동양화에서 석류 그림을 자주 볼 수 있다. 석류는 "주머니 속에 가득 들어 있는 예쁜 씨앗은 많은 자손"을 의미한다. 그래서 석류 그림을 다자도(多子圖)라고도 한다.(조용진, 『동양화 읽는 법』, 집문당, 1998) 아들을 많이 낳아서 부귀하라는 뜻이 내포되어 있다. 시집가는 딸에게 수놓은 석류를 주는 이유도 여기에 있다. 조선 시대 사대부 여인네들의 의복이나 장신구에 석류문양을 한 것도 같은 이유이다. 석류에는 천연호르몬 에스트로겐(estrogen)이 다량 함유되어 있어 여성의 2차 성징에 도움이 되고 갱년기 장애에 좋은 효과가 있다고 한다. 그러니 여성들이 석류를 좋아하는 것은 어쩌면 자연스러운 일일지 모른다.

석류는 꽃, 열매, 껍질 등이 버려지는 것 없이 다양하게 활용되는 과일이다. 그래서인지 우리가 쓰는 어휘에도 석류가 있다. 예를 들어, 석류가 피는 오월을 '유월(榴月)'이라고 한다. 석류의 이름은 어디서 유래한 것일까? 석류는 중국 한 무제 때 장건(張騫)이 서역 정벌에 나섰다가 귀국하면서 안석국(安石國)의 석류 종자를 얻어서 돌아왔다고 한다. 그래서 석류를 일명 '안석류(安石榴)', 혹은 '석류(石榴)'라고도 한다.

석류는 아름다운 꽃과 기이한 열매로 인해 역대의 수많은 시인들의 좋은 소재가 되었다. 흔히 많은 남성들 사이에 홀로 있는 여성을 지칭하여 '홍일점'이라는 말을 쓰는데, 홍일점은 '만록총중홍일점(萬綠叢中紅一點), 동인춘색부수다(動人春色不須多)'에서 나온 말이다. 이 시는 당송팔대가의 한 사람인 왕안석(王安石)이 석류를 보고 읊은 것이다. 온통 새파란 석류나무 잎 사이에 난 붉은 한 점의 꽃송이. 사람의 마음을 설레게 할 봄빛, 굳이 많은 것 필요 없이 다만 이것이면 충분하다는 뜻이다. 빨간 석류의 고혹적인 아름다움을 이처럼 짤막하게 드러낸 시도 드물 것이다.

역시 당송팔대가의 한 사람으로 시명을 날린 한유(韓愈)도 유명한 석류시를 남겼다.

오월이라 석류꽃 눈부시게 빛나는데
가지 사이로 이따금 맺힌 열매 보이네
안타까워라! 이곳을 찾아오는 발길 없어
진홍빛 꽃잎만 푸른 이끼 위에 뒹구는구나
五月榴花照眼明, 林間時見子初成.　오월류화조안명, 임간시견자초성.
可憐此地無車馬, 顚倒蒼苔落絳英.　가련차지무거마, 전도창태락강영.

오월에 눈부시게 아름답게 핀 석류꽃을 보러 오는 이가 아무도 없음을 안타까워한 시이다. 특히 첫째 구는 석류와 관련되어 인구에 회자되는 절창이다.

한편, 석류는 그 아름다움으로 인해 미인을 상징하기도 한다. 석류 열매처럼 치아가 고운 미인을 '석류교(石榴嬌)'라고 한다. 현대 중국어에 '석류치마에 엎드린다(拜倒在石榴裙下)'는 말이 있다. 여자에게 푹 빠진다는 뜻이다. 여기에 나오는 '석류치마(石榴裙)'는 양귀비와 관련이 있다. 양귀비가 석류를 몹시 좋아하자, 당 현종은 그녀를 위해 많은 석류나무를 심어서 감상하게 했다. 심지어 석류 열매의 껍질을 벗겨 그녀의 입안에 넣어주기까지 했다. 양귀비는 석류를 좋아하였을 뿐만 아니라, 석류꽃이 새겨진 치마를 즐겨 입었다. 그래서 조정의 대신들은 암암리에 '석류치마에 엎드린다(拜倒在石榴裙下)'라는 농담을 만들었다고 한다. 당연히 석류빛의 붉은 치마인 '석류군(石榴裙)'은 한 시대를 풍미했던 가장 핫한 패션 아이콘이었다. 당대에 나온 소설의 여주인공들은 이 치마를 특별히 즐겨 입은 것으로 종종 묘사되었으니, 어느 정도인지 감이 잡힐 것이다.

우리나라에서는 중국을 통하여 신라 시대에 석류가 들어온 것으로 추정된다. 석류는 우리나라 토양에도 잘 맞아 전라도, 경상도 등 남부 지방에서 많이 재배되었으며, 조선 시대에 특산품으로 관가에 헌상하였다는 기록이 보인다. 수많은 시인들이 석류를 노래하였다. 고려 시대 이숭인(李崇仁, 1347~1392)은 선물로 받은 석류를 다음과 같이 읊었다.

옥 이슬방울 화장한 듯 아름답고
맛있는 즙은 치아 사이로 줄줄 흐르네.
고맙게도 그대 멀리서 귀한 물건 보내어
잠 귀신이 몰려들다 멀찌감치 달아나네.
玉露添顏色, 瓊漿濺齒牙. 옥로첨안색, 경장천치아.
感君遙惠重, 驅我睡魔賖. 감군요혜중, 구아수마사.

「어떤 이가 석류를 보내줬기에 감사의 뜻을 표하다(謝人惠石榴 사인혜석류)」

『도은집(陶隱集)』

옥로(玉露), 경장(瓊漿)은 모두 석류의 붉은 알갱이와 맛있는 즙을 묘사한 시어이다. 석류를 보낸 그 뜻이 어찌나 고마운지, 석류 맛이 얼마나 맛있는지 잠이 화들짝 달아날 지경이라고 하였다.

조선 시대 율곡 이이는 겨우 3살 때에 '석류 껍질 속에 부서진 붉은 구슬(石榴皮裏碎紅珠 석류피리쇄홍주)'이라는 절창을 남겼다. 천재성의 발로를 이런 데서 확인할 수 있다. 또 조선 초기에 최항(崔恒, 1409~1474)이라는 시인이 있었다. 세종의 명을 받아 훈민정음 창제에도 참여하였던 인물이다. 그가 남긴 다음의 절구가 있다.

비단 주머니 살짝 열어 보니 옥구슬 바글바글
황금 방마다 겹겹이 맛난 과즙 들어있구나.
錦穀乍開排玉粒, 金房重隔貯瓊漿.　금곡사개배옥립, 금방중격저경장.

석류는 그 모양이 비단 주머니를 묶어 놓은 것 같다고 하여 '사금대(沙金袋)'라는 이명이 있다. 비단 주머니 속에 옥구슬 같은 속 알갱이가 바글바글 박혀 있고, 신선이 마시는 음료같이 맛있는 즙이 저장되어 있다고 하였으니, 참으로 적확한 표현이 아닐 수 없다. 시에서도 드러나듯 석류는 사람의 눈과 입을 한없이 호사스럽게 해 주는 과일이다.

그러면 현대 시인들은 석류를 어떻게 노래하였을까? 일찍이 미당 서정주는 '구름 넘어 영원(永遠)으로 시집가는 꽃'이라 하였고, 변영로는 '석류 속 같은 입술 죽음을 맞추었네.'라고 하였다. 또 이해인은 '지울 수 없는 사랑의 火印 가슴에 찍혀, 오늘도 달아오른 붉은 석류꽃'이라고 하였다. 이렇듯 석류의 아름다움은 고금을 통하여 다양하게 변주되었지만 대체로 사랑, 정열, 여성이라는 이미지로 고착화 되었음을 알 수 있다.

여성들이여, 미인이 되고 싶은가? 그렇다면 여성성의 집합체인 석류를 드시라!

장수의 과실, 대추

우리 속담에 '대추 보고 안 먹으면 늙는다'는 말이 있다. 대추와 늙음이 어떠한 상관관계가 있기에 예로부터 이러한 속담이 있어 왔을까? 혹 이것은 대추가 노화를 방지하는데 탁월한 효과가 있는 과실임을 입증하는 말이 아닐까. 고대에 안기생(安期生)이라는 전설적인 신선은 오이만 한 크기의 대추를 먹고 살았다고 하며, 후한 때의 학맹절(郝孟節)이라는 방술사는 대추씨만 입에 물고서 밥을 먹지 않고도 10년을 지냈다고 한다. 또 진(晉)나라 왕질(王質)이란 사람은 나무하러 갔다가 대추씨 같은 것을 먹고 동자가 바둑 두는 것을 구경하였는데, 한참 보다가 집으로 돌아가려고 일어나보니 도끼 자루가 썩고 없어졌으며 동시대의 사람도 이미 죽고 없었다고 하였다. 이것들이 한갓 괴담일 수 있겠지만 대추가 장수와 암암리에 연결되어 있음을 짐작할 수 있다.

대추는 한자로 '조(棗)' 또는 '목밀(木蜜)'이라고 한다. 중국어로는 따자오[大棗 dàzǎo]라고 한다. 이칭에는 '홍자(紅棗)', '미자(美棗)', '양자(良棗)' 등이 있다. 다양한 이름만큼이나 종류도 많다. 원나라 때 쓰인 『타조보(打棗譜)』에는 대추의 종류가 72종이 있다고 기록하였다. 청나라 때에 쓰인 『식물명실도고(植物名實圖考)』에는 그보다 많은 87종이 있다고 하였다. 대추에 관한 한 가장 오래된 기록은 『시경』에서 볼 수 있다. 〈빈풍(豳風) 칠월(七月)〉에 "8월에 대추를 따고 10월에 벼를 수확하여 춘주(春酒)를 빚어다가 장수를 기원하네.(八月剝棗, 十月穫稻. 爲此春酒, 以介眉壽. 팔월박조, 시월확도. 위차춘주, 이개미수.)"라고 한 것과 〈위풍(魏風)〉에 "동산에 대추나무가 있으니, 열매를 먹을 수 있도다.(園有棘, 其實之食. 원유극, 기실지식.)"라고 한 것이 그러하다. 또한 『주례』를 보면 제후들이 문후할 때 대추와 밤을 필수 예물로 준비했다고 한다. 그러니까 대추는 삼천 년 이상의 역사를 간직한 오래된 과실이다. 대추 한 알에 동양의 문화와 전통과 역사가 담겨 있는 셈이다.

대추는 가을에 빨갛게 익으면 날것으로 먹기도 하고, 건조하여 요리나 약재로 활용하기도 한다. 대추는 관혼상제를 중요시하는 우리나라에서 꽤나 대접받는 과실이다. 이른바 '조·율·이·시(棗栗梨柿-대추, 밤, 배, 감)'라고 하여 필수적인 제수용품 중의 하나이며, 장례에도 '조·구·율·포(棗糗栗脯-대추, 밥, 밤, 포)'라고 하여 없어서는 안 되는 소중한 것으로 쓰였다. 그뿐인가. 폐백을 받을 때에 시어머니가 며느리의 수줍은 치마폭에 던져준 것이 대추였다.(대추와 밤을 뜻하는 조율(棗栗)은 일찍 일어나

스스로 공경하라는 뜻을 지니고 있다. 대추의 조(棗)가 조(早)와 음이 같아서 부지런히 아침에 일찍 일어나라는 뜻이고, 밤(栗)은 율(慄)과 음이 같아 항상 조심하고 두려워하는 마음가짐을 가지라는 의미가 담겨 있다. 현대 중국에서는 조율자(棗栗子)가 '자오리쯔'라고 읽혀 조립자(早立子), 즉 빨리 아들을 낳으라는 뜻으로 해석하기도 한다.)

그럼, 왜 이리 대추를 소중하게 여겼을까? 대추는 꽃이 피면 꽃이 핀 자리에 반드시 열매가 맺힌다고 한다. 헛되이 꽃이 피고 지는 일은 없다는 것이다. 이렇듯 사람도 사람으로 태어났으면 반드시 자손이라는 열매를 맺어야 한다는 의미를 대추에서 가져온 것이라 할 수 있다. 다시 말해 대추에는 자손의 번창을 기원하는 의미가 들어있는 것이다.

한편, 대추나무는 신령함을 갖춘 나무로 인식되기도 하였다. 명말 청초의 사상가인 방이지(方以智, 1611~1671)가 저술한 『물리소지(物理小識)』에는 "벼락을 맞은 대추나무를 사용하여 인패(印牌)를 만드는데, 이는 대추나무 속이 붉고 단단하며 벼락을 맞아 신통함을 취한 것이다."라고 하였는바, 오늘날에도 벼락 맞은 대추나무인 '벽조목(霹棗木)'이 벽사의 기능을 가진다 하여 귀하게 여기고 있다. 육임(六壬)으로 점칠 때도 그 도구를 단풍나무와 대추나무로 쓰고 있는데, 같은 이유라 할 수 있다.

그렇다면 한시에서는 대추를 어떻게 읊고 있을까? 다음의 시를 소개해 본다.

이것은 비범한 초목
붉은 열매가 오이처럼 크구나.

한 번 먹으면 신선의 풍골 되리니

안기생이 과장한 것 아니리.

此非凡草木, 朱實大如瓜.　차비범초목, 주실대여과.

一食生仙骨, 安期不足誇.　일식생선골, 안기부족과.

「대추(棗조)」『석천선생시집(石川先生詩集)』

석천 임억령(林億齡, 1496~1568)의 시다. 그는 조선 중기의 문인으로 박
상(朴祥)의 문인이며, 시문을 좋아하여 사장(詞章)에 탁월하였다. 위의
시는 신선 안기생과 그의 대추를 시화한 것이다. 대추가 주는 상징적
인 의미를 명징하게 포착하여 쓴 시라 할 수 있다.

늙을수록 괜한 시름 어쩔 수 없어

새해에 백발이 조금 더 많아졌네.

붉은 대추와 함께 온 아름다운 그대 시문 보니

삼청경 가는 길이 멀지 않아 놀라고 기뻤다오.

老去閑愁沒奈何, 新年白髮一分多.　노거한수몰내하, 신년백발일분다.

忽看火棗隨瓊屑, 驚喜三淸路不賖.　홀간화조수경설, 경희삼청로불사.

「속리산의 정장로가 새해가 되어 시를 부치면서

대추 한 봉지도 같이 보내왔기에 그 시에 차운하여 감사하다

(離山晶長老新歲寄詩副以棗實一封, 次韻謝之 이산정장로신세기시, 부이조실일봉, 차운사지)」

『우복집(愚伏集)』

앞의 시를 지은 시인은 우복 정경세(鄭經世, 1563~1633)이다. 조선 중기의 문신으로 시문에 뛰어났을 뿐만 아니라 예론에 밝아서 김장생 등과 함께 예학파로 불렸던 인물이다. 위의 시에는, 지인이 보내 준 시와 대추에 대하여 사례하는 뜻이 담겨 있다. 지인은 속리산에 산다고 했다. 예로부터 우리나라에서는 보은 지방이 대추의 산지였다. 대추의 고장에서 보내온 것이니 그 품질 또한 좋았으리라. 늙어가면서 하얀 머리가 조금씩 많아지고 있는데 때마침 보내준 대추로 인해 신선처럼 늙지 않을 것이라면서 기뻐하고 있다. 3, 4구의 '옥설(瓊屑)'은 상대의 시문을 높여 칭한 것이고, '삼청경'이란 도교에서 말하는 신선 세계이다. 마지막 구에도 대추를 먹은 신선 안기생의 고사가 녹아 있다. "뜬 세상 꿈같은 몸 일찌감치 알았소만, 선옹의 오이만 한 대추 얻기 힘들구려(早知浮世身如夢, 難得仙翁棗似瓜. 조지부세신여몽, 난득선옹조사과.)", "오이만 한 대추 먹은 안기만 전해 올 뿐, 석양의 무릉에는 가을 풀만 우거졌다오(安期空有棗如瓜, 斜日茂陵生秋草. 안기공유조여과, 사일무릉생추초.)"와 같은 구절에서 알 수 있듯이, 대추를 소재로 한 많은 한시 작품에서는 안기생의 고사를 인용하고 있다.

이웃집의 아이가 와서 대추를 따자
늙은이는 문에 나가 아이를 쫓아내네.
아이가 되려 늙은이를 향해 말하기를
내년 대추 익을 때는 살지도 못할걸요.

가을 장수의 과실, 대추

隣家小兒來撲棗, 老翁出門驅小兒. 인가소아래박조, 노옹출문구소아.

小兒還向老翁道, 不及明年棗熟時. 소아환향노옹도, 부급명년조숙시.

「대추 따는 노래(撲棗謠 박조요)」『손곡집(蓀谷集)』

　　손곡 이달(李達, 1539~1618)의 시다. 이달은 조선 중기에 당시 풍의 시
를 잘 지어 삼당시인으로 이름을 떨쳤던 인물이다. 한때 허균과 허난
설헌에게 시를 가르쳐주기도 했었다. 위의 시는 다소 희화적이다. 이
웃집의 꼬마가 몰래 대추를 따러 왔는데 늙은이가 알고 쫓아내자, 꼬
마가 맹랑하게도 노인을 향해 "내년 이맘때는 살아 있지도 못할걸요!"
라고 냅다 소리치며 도망간다. 늙고 힘없는 늙은이가 쫓아가지도 못
한 채, 이 말을 듣는 심정은 어떠할까? 여기서는 굳이 꼬마와 늙은이
를 선악의 양면으로 가를 필요는 없을 듯하다. 그런데 홍만종은 '이 시
는 어의가 준엄하고 각박하여 온후하거나 진중한 뜻이 없으니 통달한
말이 아니다. 뒤에 결국 가난하게 죽었으니 시로써 사람의 궁달을 알
수 있음이 이와 같다'고 한 이산해(李山海)의 말을 『시평보유(詩評補遺)』
에 싣고 있다. 그러나 도덕적이고 관념적인 시각에서 벗어나 이 작품
을 본다면 평범한 일상에서 접할 수 있을 법한 내용을 이끌어 내어 시
화한 이달의 시적 사유가 재미있고 독특하다.

　　우리나라에서는 예나 지금이나 보은 지방의 대추가 유명하다. 그런
데 중국의 것과는 비교가 된다. 도곡 이의현(李宜顯, 1669~1745)이 『경자연
행잡지(庚子燕行雜識)』에 "대추는 우리나라에서 나는 것에 비하면 배나

더 크고 살은 두껍고 씨는 작다."라고 한 바 있듯이, 중국 대추가 월등히 크다. 필자가 먹어본 바로, 산동성 지역에서 나는 대추는 그 크기가 큰 것은 탁구공만 하다. 명나라 홍조선(洪朝選)의 글에 "산동 백성들은 대추로 양식을 삼는다."라는 말이 있는데, 산동 지역이 척박하여 가난하다는 의미도 있지만, 대추가 많이 나는 곳임을 뜻하기도 한다. 대추가 크고 살이 많아 과일로서 제법 먹을 만하다. 그런데 계림과 같은 남방 지역에서 나는 대추는 북방의 것처럼 그렇게 크지 않다. 중국 땅이 워낙 광활하다 보니 지역적으로도 편차가 있는 듯하다. 그러나 옛말에 '커도 대추요, 작아도 대추'라는 농이 있듯이 대추의 효능이야 어디 가겠는가.

이제 붉은 대추의 계절이 다가왔다. 건강을 유독 염려하고, 늙음을 두려워하는 현대인에게 대추는 추천할 만한 웰빙의 과실이다.

씹을수록 단맛이 나는 **사탕수수**

혹 점입가경이라는 말을 들어보았는가? 모든 한자성어에 그 말이 쓰인 배경이 있듯이, 여기에도 다음과 같은 고사가 있다.

옛날 진나라 때 고개지(顧愷之)라는 사람이 있었다. 재주가 많아서 시를 잘 지었을 뿐만 아니라 글씨도 아주 잘 썼다. 특히 그림을 잘 그렸다. 그가 젊었을 때에 대사마 환온(桓溫)의 참군이 된 적이 있었다. 고개지는 환온을 따라 여기저기 여러 해를 다니면서 두 사람의 사이에는 서로 깊은 우정이 생겨났다. 어느 날 고개지가 환온을 따라 강릉(江陵)에 이르렀는데 강릉의 관원이 그 지방 특산품인 사탕수수를 가지고 와서 환온에게 인사했다. 환온은 "이곳의 사탕수수는 아주 유명하다"면서 기뻐했다. 그와 그의 부하들은 사탕수수를 맛보고 무척 달다고 칭찬했다. 이때 고개지는 강릉의 빼어난 경치를 보느라 미처 사탕수수를 맛보지 못했다. 이것을 본 환온은 기다란 사탕수수의 끝부분을 잘라 고개지에게 주자 그가 먹기 시작했다. 그의 먹는 모습을 본 환온은 웃음을 참으면서 묻기를 "사탕수수가 어떤가? 단가?"하니 옆의 사람들이 일제히 웃으면서 "우리들이 먹는 사탕수수는 아주 답니다. 그런데 고 참군이 먹는 사탕수수가 단지는 모르겠습니다."하였다. 고개지는 그제서야 자신이 먹은 사탕수수가 밑동임을 알았다. 그렇지만 고개지는 곧 좋은 생각이 떠올라서 사탕수수를 들고 말하기를 "내가 보기에 여러분들은 사탕수수 먹는 법을 근본적으로 잘 모른다. 사탕수수를 먹는 데도 법칙이 있다. 일단 가장 단 부분을 먹기 시작하면 먹을수록 달지 않게 된다. 다 먹고 난 뒤에는 오히려 싫증이 난다. 그런데 나처럼 끝부분부터 먹기 시작하면 먹을수록 점점 달고 맛이 좋다. 이렇게 먹는 법을 '점입가경'이라고 하는 것이다."라고 했다. 이 말을 들은 사람들이 모두 웃었다.

위와 같은 고사에 의해서, 점입가경(漸入佳境)은 '가면 갈수록 경치가 더해진다'거나 '일이 점점 더 흥미진진하게 된다'는 의미로 쓰이게 되었다. 여기서 고개지가 먹었던, 점입가경의 소재가 된 것은, 다름 아닌 사탕수수였다.

사탕수수는 한자로 감자(甘蔗)라고 한다. 주로 브라질, 하와이, 인도네시아 등의 열대지방에서 나는 것이지만, 중국의 대만, 복건, 광동, 광서 등 남부 지방에서도 재배된다. 중국어로는 깐저[甘蔗 gānzhe]라고 읽는다. 또한 '서자(薯蔗)' 혹은 '당자(糖蔗)'라는 이칭이 함께 쓰이고 있다. 사탕수수에는 당분과 수분을 다량 함유하고 있을 뿐만 아니라 우리 몸에 유익한 비타민, 지방, 단백질, 유기산 등과 같은 양분을 가지고 있다. 또한 가래를 삭이고 갈증을 멈추게 하고 가슴의 번열을 없애주며, 주독(酒毒)을 없애는 역할도 한다. 중국에서는 즙을 내어 건강 음료로 많이 마신다. 사탕수수 즙은 '자장(蔗漿)'이나 '감자수(甘蔗水)'라고 한다. 당나라 두보의 시에 "자장을 주방에 가지고 가서 금 사발에 얼리니, 이것은 번열을 씻어 내어 임금님 몸을 편안히 할 수 있다네.(蔗漿歸廚金盌凍, 洗滌煩熱足以寧君軀. 자장귀주금완동, 세척번열족이녕군구.)"라고 한 것이 있다. 사탕수수는 감자라는 한자어에서도 알 수 있듯이 단맛이 강하다. 그래서 설탕의 원료로 쓰이기도 한다. 중국에서 널리 식용되고 있는 '흑탕(黑糖)'은 사탕수수의 원액을 정제해서 만든 것인데 이것을 두고 항간에서는 '동방의 초콜릿'이라는 별칭이 붙기도 한다. 사탕수수가 열대지방에서 재배되다 보니, 사실 우리나라 문헌에는 이와 관련한 자료가 그다지 많지 않다. 사탕수수를 시적 소재로 한 한시는 다음의 것이 유일하다.

하얀 과육을 잘게 써니 이제야 먹기 적당하고
신령스런 진액 진하게 끓여도 먹을 만하네.
점점 갈수록 아름다운 경지가 멀리 있음을 이제 알겠거니
세상맛을 저것과 견줘 보지 말게나.

玉肌細切初宜啖, 靈液濃煎亦可湌. 옥기세절초의담, 영액농전역가손.

漸入始知佳境遠, 莫將世味比渠看. 점입시지가경원, 막장세미비거간.

「감자(甘蔗)」『포은집(圃隱集)』

위의 시는 고려 말기의 문인이자 학자인 포은 정몽주(鄭夢周, 1337~1392)
의 작품이다. 고려 시대에 사탕수수와 같은 작물이 재배되었는지, 그
래서 그 맛을 직접 본 것인지는 확신할 수 없다. 다만『세종실록』에는,
"사역원(司譯院)의 이생(李生)이 "감자(甘蔗)는 맛이 달고 좋아서 생으로
먹어도 사람의 기갈(飢渴)을 해소합니다. 바라옵건대, 모두 채취해 오게
하여 그 재배를 널리 보급하도록 하소서."라고 청하는 대목이 보인다.
이때가 세종 11년 1429년이니, 고려 시대에는 사탕수수 재배가 없었지
않았나 생각된다. 짐작건대 그가 1372년과 1386년에 두 차례에 걸쳐
명나라를 다녀오게 되는데, 그때 당시 중국에서 사탕수수의 맛을 본
것이 아닌가 여겨진다. 사탕수수의 겉은 나무처럼 단단하다. 짙은 보
라색의 겉껍질을 벗겨내면 옥 같은 하얀 속살이 드러난다. 하얀 속살
은 그것 그대로 잘근잘근 씹어서 즙을 마시고 섬유질이 많은 질긴 부
위는 뱉어낸다. 또 즙을 내어 달여먹을 수도 있는데, 사탕수수의 진액
을 달이면 조청이나 엿이 된다. 여기서는 두 종류의 식용법이 소개되
어 있는 셈이다. 고개지가 말했듯이 사탕수수는 밑동에서부터 먹을수
록 점점 단맛이 난다. 그래서 종종 세상살이의 맛과 비유되곤 한다. 예
컨대 학문은 하면 할수록 감자 맛이 난다거나, 도(道)는 연마하면 할수

록 감자 맛이 난다는 식으로 말이다. 그러나 시인은 그런 비교를 하지 말라고 한다. 왜 그럴까? 때로 세상맛은 먹을수록, 혹은 경험할수록, 감자처럼 깊은 맛이 나지는 않기 때문이다. 갈수록 단맛만 나는 세상살이가 어디 있겠나.

앞의 시 이외에 단편적인 언급이 보이는 시구를 소개하면 다음과 같다.

늙어가며 비로소 감자 먹을 줄을 알아서
날마다 처마 밑에서 아침 햇살을 쬐노라.
老去方知啖甘蔗, 茅簷日日負朝陽. 노거방지담감자, 모첨일일부조양.

「스스로 읊다(自詠 자영)」『목은집(牧隱集)』

한가함 속의 정취를 차츰 알겠거니
감자의 맛 더 좋은 곳을 능히 알겠네.
漸識閑中趣, 能通蔗境佳. 점식한중취, 능통자경가.

「한가한 정취(閑趣 한취)」『사가집(四佳集)』

위는 각각 이색(李穡, 1328~1396)과 서거정(徐居正, 1420~1488)의 시이다. 전자는 늙어갈수록 처마 밑 아침 햇살의 따뜻함을 알겠다는 것이고, 후자는 '한취'의 즐거움을 알고 나니 감자의 맛을 알겠다는 것이니, 모두 점입가경의 뜻을 함유하고 있다.

한편, 점입가경은 종종 시론과 맞물려 언급되기도 한다. 일찍이 고려 시대의 이인로(李仁老, 1152~1220)는 『파한집(破閑集)』에서 "옛날부터 지금까지 시를 다듬는 방법은 두보만이 터득하였다. 예컨대, '해와 달은 조롱 속(日月籠中 일월롱중)'같은 구절은 음미해 보면 사탕수수를 먹는 것과 같다."라고 한 바 있다. 이것은 두보의 저 유명한 "해와 달은 조롱 속의 새요, 천지는 물 위의 부평초라네.(日月籠中鳥, 乾坤水上萍. 일월롱중조, 건곤수상평.)"에 나오는 시구다. 자신의 처량한 신세를 조롱 속에 갇힌 새로 표현한 이 구절은 천하의 명문으로, 음미하면 할수록 그 맛이 새롭다. 마치 사탕수수를 먹는 것처럼 말이다.

> 시를 짓는 덴 굳이 교묘히 안배할 것 없나니
> 잘된 곳은 점입가경임을 알고말고.
> 맘 내키는 대로 읊은 시가 지금 만여 수지만
> 상말에 해학이 절반인 게 부끄러울 뿐일세.
> 詩成不必巧安排, 得處深知蔗境佳.　시성불필교안배, 득처심지자경가.
> 隨意詩成今萬首, 只慙俚語半詼諧.　수의시성금만수, 지참이어반회해.
>
> 「시를 지으며(詩成 시성)」『사가집(四佳集)』

한 편의 시를 이루기 위해 혹은 한 줄을 완성하기 위해, 혹은 적절한 어휘 하나를 모색하기 위해, 시인은 고민하고 또 고민한다. 이렇게 저렇게 안배하기를 멈추지 않는다. 교묘히 안배하였다고 하여 완성도

가을 씹을수록 단맛이 나는 사탕수수

높은 시가 되는 것도 아니다. 잘된 시는 읊으면 읊을수록 맛이 있다. 낭송하는 입이 깔깔하지 않고 입에서 군침이 돌고 물리지 않는다. 서거정은 25세에 관직 생활을 시작한 이후 45년간 여러 임금을 섬기면서 무려 23년간 문형을 담당하였던 대문호였다. 그는 하루에도 서너 편, 많게는 열 편의 시를 짓기도 하였다. 평생 쓰는 것을 낙으로 삼으며 살았던 시인이었다. 그래서 만여 수가 넘는 시를 창작할 수 있었다. 다작(多作)의 시인은 자신의 작품이 절반은 형편없는 것들이라 부끄럽다고 하였다. 물론 겸사라 할 수 있지만, 다작 중에 볼 만한 작품이 그리 많지 않다는 자기 고백이기도 한 것이다.

점입가경처럼 음미하면 할수록 묘미가 있고 싫증 나지 않는 시를 창작하는 것이야말로 세상의 모든 시인이 바라는 바가 아닐까? 어디 시만 그러할까. 우리네 인생도, 만남도 점입가경이라면 얼마나 좋을까, 생각해 본다.

사랑을 고백하며 던진 **연밥**

　　예로부터 연(蓮)은 그 화려하고 청초한 꽃과 푸른 잎에
주목하여 시나 그림의 소재가 되곤 했다. 특히 한시에서는 '채련곡(採
蓮曲)'이라는 제하의 시가 대량 생산되기도 했다. 이 곡은 본래 중국의
남방에서 연밥을 따면서 부르던 흥겨운 민요이다. 채련곡은 남녀 간의
사랑을 읊었다고 하여 염정시(艶情詩)라고도 한다. 널리 알려진 채련곡
의 시구를 인용해 본다.

　약야(若耶) 개울가에 연밥 따는 저 아가씨

　연꽃 너머 웃으며 얘기하네.

　若耶溪旁採蓮女, 笑隔荷花共人語.　약야계방채련녀, 소격하화공인어.

괜시리 물 건너로 연밥을 던져 놓고

멀리서 남의 눈에 띄어 반나절을 얼굴 붉혔네.

無端隔水抛蓮子, 遙彼人知半日羞.　무단격수포련자, 요피인지반일수.

첫 번째 시구는 당나라 이백(李白, 701~762)의 절창이다. 옛적 춘추 시
대 월나라의 미녀 서시(西施)가 약야계라는 개울에서 빨래하고 연을 따
다가 범려(范蠡)의 눈에 띄어 오왕 부차(夫差)에게 보내진 일이 있다. 위
의 시구에는 서시 같은 미인이 연밥을 따면서 연꽃 너머로 사내에게
웃음을 보내는 정경이 표현되어 있다. 짧은 시구 속에 화려하고 풍만
하고 낭만적인 이백의 시풍이 느껴진다. 두 번째 시구는 당나라 황보
송(皇甫松, ?~?)의 「채련자(採蓮子)」이다. 연밥을 따는 연못은 남녀가 서로
만나는 공간이다. 동시에 사랑을 고백하는 공간이었다. 여성이 마음에
드는 남성에게 연밥을 던지는 것으로 자신의 사랑을 고백했다고 한다.
지금도 그러하지만 중세 시대의 중국 여성은 자신의 사랑을 표현하는
데 적극적이었다. 그러나 남의 눈에 띄어 반나절 동안 얼굴을 붉혔다
는 시구는 과감하게 사랑을 고백하였지만 여전히 수줍음이 많이 아가
씨임을 보여주고 있다. 이렇듯 채련곡에는 미인, 연꽃, 연정 등이 등장
하는 것이 일반적이다.

그 뒤, 북송시대의 성리학자인 주돈이(周敦頤, 1017~1073)의 「애련설」이
나온 이래로 연(蓮)은 '군자'의 상징으로 여겨졌다. '진흙에서 자라지만
더러움에 물들지 아니하고[泥而不染 니이불염], 맑은 물결에 씻겨도 요염

하지 아니하며[濯淸漣而不妖 탁청련이불요], 속은 텅 비고 겉은 곧으며[中通外直 중통외직], 덩굴지지도 가지치기도 하지 않으며[不蔓不枝 불만불지], 향은 멀리 갈수록 더욱 맑으며[香遠益淸 향원익청], 멀리서 볼 수 있으나 가까이서 희롱할 수 없다[可遠觀而不可褻玩焉 가원관이불가설완언]'고 하였으니, 구구절절 청운(淸韻) 아님이 없다. 위의 구절들은 종종 군자를 묘사할 때 쓰이곤 한다.

때로 동양화에서는 연뿌리가 그림의 소재가 되는 경우도 어렵지 않게 볼 수 있다. 연뿌리가 겉에서 보기에는 잘록잘록 끊어져 있으나 그 속에 있는 구멍은 계속 관통되어 있는 것에 착안하여, 형제가 비록 몸은 다르나 그 사이에는 끊을 수 없는 정이 흐른다는 우단사연(藕斷絲連)의 뜻을 함유하고(조용진, 『동양화 읽는 법』, 집문당, 1998) 있기 때문이다.

이렇듯, 연꽃은 시와 그림에서 남녀 간의 사랑을, 또는 군자의 상징으로 그려지기도 했다. 또한 연근(蓮根)은 형제애를 우의적으로 담기도 했다. 그렇다면 연밥은 어떻게 표현되었을까?

푸른 방죽에 가득 핀 붉은 연꽃이 지고 나면 그 자리에 연둣빛의 열매가 맺힌다. 마치 연둣빛의 열매들은 초록의 연자방(蓮子房)에 저마다 좁은 자리를 차지하고 머리를 내민 채 옹기종기 앉아 있는 듯하다. 이 연밥을 현대의 어느 시인은 '샤워기를 닮았다'고 했다. 언뜻 샤워기를 닮은 것 같지만, 왠지 연밥이 주는 맑은 운치가 싹 사라져버릴 것 같은 느낌이다. 은행만 한 크기의 연밥은 어떤 것은 길쭉하고, 어떤 것은 동그렇고, 어떤 것은 납작하다. 연초록의 알맹이를 감싼 얇은 막을 벗기고 입안에 넣으면 돌돌돌 굴러다닌다. 그 맛은 개암 같기도 하고, 아닌 것 같기도 하다. 고소하다. 또 약간 씁쓰름하기도 하고 떫기도 하다. 이것이 항주의 서호(西湖)에서 난생처음 맛본 연밥이다.

연밥은 연의 씨앗이다. 그래서 '연자(蓮子)' 혹은 '연실(蓮實)'이라고 불린다. 연꽃잎의 한복판에 박힌 연실이라는 뜻에서 '금방옥자(金房玉子)'라는 우아한 이칭도 있다. 또 중국에서는 '우실(藕實)', '연실(蓮實)', '연봉자(蓮蓬子)', '연육(蓮肉)'이라고도 한다. 조선 시대에 궁궐의 연못에서 수확한 연밥을 임금께 진상하기도 했다. 이 연밥은 과실로 먹기도 하지만 약재로 더 널리 활용된다. 가슴 두근거림, 불면증, 설사, 대하증(帶下症), 누정(漏精) 등에 효과가 있다고 한다. 연밥을 가루 내어 죽을 끓인 연자죽(蓮子粥)은 중국에서 흔하게 볼 수 있는 자양음식이다. 때로 연밥에 백합 또는 목이버섯 등을 넣고 탕을 끓여 먹기도 하는데, 모두 몸에 좋은 음식이다.

역대의 문집에 연꽃과 연잎이 아닌 '연밥'을 노래한 시는 매우 드물다. 그중 두 편의 시를 소개해 본다.

붉은 꽃잎 다 떨어져 푸른 연밥 통통한데
푸른 옥을 쪼개보자 차고 흰 살이 드러나네
뉘라서 알겠는가 고달픈 이 심중의 뜻
모두 파선(坡仙) 이별한 뒤 그리는 그 맘이란 걸

落盡紅衣翠蒻肥, 剝開靑玉露氷肌.　　낙진홍의취적비, 박개청옥로빙기.

誰知最苦心中意, 總是坡仙別後思.　　수지최고심중의, 총시파선별후사.

「연밥을 읊다(詠蓮蒻 영연적)」『삼탄집(三灘集)』

조선 시대 이승소(李承召, 1422~1484)의 작품이다. 호는 삼탄(三灘). 당대에 문장가로 이름이 높았을 뿐만 아니라 예악·음양·율력·의약·지리에 조예가 깊었던 인물이다. 위의 시는 3, 4구에 그 의미가 응축되어 있다. 연밥이란 것이 꽃잎이 지고 난 뒤에 맺히는 열매라고는 하지만, 가만히 들여다보면 이 열매 역시 고달픔과 그리움이 엉겨 만들어낸 산물이라는 것이다. 지상의 열매가 어디 연밥만 그러할까. 모든 열매는 내적으로는 자신을 혹독하게 다그치고, 외적으로는 비바람이나 햇살 같은 자연과 굳세게 대면해야 비로소 단단하게 영글어질 수 있으니 말이다. 그러고 보니 연밥 한 알 한 알에는 안팎의 시련을 견딘 강고함과 제 안으로 삭힌 그리움이 배어 있는 듯하다. 물론 연심의 쓴맛과 연밥을 던지고픈 연정에게 보내는 그리움을 표현한 것으로 해석할 수 있다.

　　곱디고운 손으로 푸른 구슬을 다 벗겨내어
　　희고 찬 과육을 살살 씹으니 치아에 향기 남아 있네
　　가령 묵은 병이 다 낫는다 해도
　　쓰디쓴 심은 끝내 요하를 배우지 않으련다

가을　사랑을 고백하며 던진 연밥

靑璣剝盡纖纖指, 細嚼氷霜響齒牙. 청기박진섬섬지, 세작빙상향치아.

縱得沈痾都已解, 苦心終不學么荷. 종득침아도이해, 고심종불학요하.

「처음 연실을 먹다(初食蓮實 초식연실)」『점필재집(佔畢齋集)』

조선 시대 김종직(金宗直, 1431~1492)이 연실을 처음 맛본 소감을 쓴 것
이다. 1, 2구에서 연실의 모양은 구슬처럼 둥글고, 빛깔은 푸른빛이며,
맛은 치아 사이에 남아 있다고 하였다. '향(響)'의 의미는, 그 맛이 쉽게
가시지 않고 입안을 맴돈다는 뜻이다. 3, 4구에서는 연실의 약효가 아
무리 좋다 하여도 쓴 연심을 도무지 먹지 못하겠다고 하였다. 연심은
연밥 속에 있는 심(芯)을 말한다. 4구의 요하(么荷)는 곧 연심(蓮心)을 이
르는 말이다. 일찍이 황정견이 「공상식련유감시(贛上食蓮有感詩)」에 "열
매 속엔 요하가 있으니 소아의 주먹처럼 말려 있구나.(實中有么荷, 拳如小
兒手. 실중유요하, 권여소아수.)"라고 하고 또 "연심은 정말 절로 쓰니, 쓴 것
을 먹고 어찌 달 수 있으랴(蓮心政自苦, 食苦何能甘. 연심정자고, 식고하능감.)"라
고 말한 바 있다. 모두 연밥의 쓴맛을 표현한 것이다.

연의 씨앗인 연밥은 그 맛이 쓰다. 그러나 영양 가치는 높다. 그렇
지만 연밥의 맛이나 영양 가치보다는, 온통 초록의 바탕에 연둣빛의
둥근 씨앗이 총총 박힌 그 모양이 마음에 든다. 넘실대는 물결 위에서
연밥을 던지며 사랑을 고백했던 중세 시대의 낭만과 풍정이 알알이
맺혀 있는 듯하다. 초록과 연둣빛이 천천히 사라지고 난 뒤 까맣게 말

라버린 연밥은, 좌탈입망(坐脫立亡)한 선사의 모습이다. 연밥은 만상을 담고 있다. 그래서 끝없이 관조(觀照)하기에 좋은 대상이다.

조선 시대에는 사과보다 **능금**이 많았다?

    12월 25일은 성탄절, 예수의 탄생을 축하하는 기독교의 기념일이다. 12월 24일 크리스마스 이브(Christmas Eve)부터 기독교 신자들은 물론 신자가 아닌 이들도 축제의 분위기에 들떠 있고 온 거리에는 캐롤송이 행복하게 울려 퍼진다. 대체로 이날은 사랑하는 사람들과 시간을 보내기도 하고, 크고 작은 선물을 교환하며 마음을 전한다. 이날, 중국에서는 다른 어떤 것보다 많이 팔리는 과일이 사과이다. 평상시 1근에 5원 정도라면, 크리스마스에는 예쁘게 포장된 사과 1개가 10원 정도 한다. 중국의 버스 요금이 평균 2원인 것에 비추어보면 많이, 비싼 편이다. 왜 그럴까? 중국에서는 사과를 뜻하는 한자 '핑궈[苹果]'의 '핑[苹]'이 평안을 의미하는 '핑[平]'과 음이 같다고 하여 사과를

'평안'으로 해석한다. 성탄 전야제를 '평안야(平安夜)'라 하고 이날 선물로 사과를 주고받는다. 그러니 이 즈음에 사과값이 폭등하는 것은 자연스러운 일. 물론 최근에 유행한 것이지 전통적인 행사가 아니다. 사과는 '평안과(平安果)'라고 하는 외에 '지혜과(智慧果)', '기억과(記憶果)'라고도 부른다. 사과를 먹으면 기억력이 좋아지고 지혜롭다고 하여 붙여진 별칭이다.

문득 사과는 옛날에도 사과라고 했나, 궁금하여 자료를 찾아보았다. 예로부터 사과를 뜻하는 한자어는 '임금(林檎)', '내금(来檎)', '내금(來禽)', '사과(沙果)' 등이 있다. '내금'이라 한 것은 과일의 맛이 달아서 뭇 새들이 많이 날아들었기 때문이라는 설이 있다. '능금'이라는 어원도 이 한자에서 기원한 것으로 보고 있다. 그런데 여기서 짚고 넘어가야 할 것은, 능금과 사과는 비슷하지만 서로 다른 식물로, 이들의 학명은 각각 'Malus asiatica NAKAI'와 'Malus pumila var. dulcissima'이다. 다시 말해 능금은 '사과의 옛말'이 아니라, 완전히 다른 과일인 것이다. 조선 시대 1527년에 편찬된 『훈몽자회』에는 '임금(林檎)'을 '닝금'으로 표기하였으며, '금(檎)'은 속칭 '사과(沙果)'라 한다고 되어 있다.

그렇다면 오늘날 우리들이 먹는 사과는 언제 들어온 것일까? 『송남잡식(松南雜識)』과 『오주연문장전산고(五洲衍文長箋散稿)』를 참고해 보면, 효종(1649~1659) 재위 연간에 중국에서 들어온 것으로 보고 있다. 더 정확한 근거를 제시하면, 1654년 인평대군이 중국으로 사신 갔다가 사과나무를 가지고 돌아와서 심었다고 한다. 유초환(俞初煥, 1819~1893)이 저술한 『남강만록(南岡漫錄)』에 기록되어 있는 것이다. 이 당시 재래종인 능금과 구별하기 위해 한자를 '사과(楂果)'로 표기하였다. 따라서 『조선왕조실록』 성종조에 언급한 '사과(沙果)'는 오늘날 우리가 알고 있는 사과가 아니라 능금으로 보아야 한다.(사과, 능금에 대한 문헌학적 고찰, 김종덕, 고병희, 대한한의학회지, 1998 참고) 결론적으로 말하면, 조선 시대 효종 이전에 사과를 뜻하는 한자어는 '임금'인 것이다. 그리고 '임금'은 곧 사과와는 종류가 다른 '능금'이다. 정조 때에는 '사과(楂果)'와 임금(林檎)'이 따로 기록된 것을 확인할 수 있다. 1871년에 편찬된 『임하필기(林下筆記)』에는, 함흥에 있는 사과 맛이 중국산과 같아 이상하여 물어보니 종자가 중국에서 왔기 때문에 나라 안에서 사과 맛이 으뜸이라고 한 내용이 보인다. 당시 함흥 사과의 맛이 제법 좋았던 것으로 보인다.

능금과 사과는 서로 종이 다르듯, 생김새와 맛도 다르다. 『오주연문장전산고』에는 "내(柰)는 '빈파(頻婆)'라고도 부르는데, '임금(林檎)'과 같은 무리이지만 품종은 다르다. 나무와 열매가 임금과 비슷하지만 크다."라고 한 『본초강목』의 기록을 그대로 싣고 있다. 여기서 '내(柰)'는 오늘날 말하는 사과의 재래종이다. 그러니까 내(柰) 즉 사과의 모양은 임금보다는 크기가 크다. 사전에는 능금의 열매가 "꽃받침의 밑부분이 혹처럼 부푼 것이 사과나무와 다르다"고 하였다. 그 맛은 또 어떻게 다른가. 고려 시대 이규보는 그의 시에서 "능금은 구슬같이 주렁주렁 달렸는데, 맛이 시고도 떫다(林檎綴珠琲, 頗覺味釀苦. 임금철주배, 파각미엄고.)"고 했다. 달고 새콤한 사과의 맛과는 달리 능금은 떫은맛이 있다고 했다. 약리적 효능도 다르다. 능금은 '갈증을 멈추게 하고 토사곽란에 효험이 있으며, 독이 없고 더위를 씻어 준다'고 한 반면, 사과는 '심기를 더해주고 비장을 조화롭게 해 준다'고 하였다.

그렇다면, 당시 능금은 가격이 얼마나 될까? 1808년에 편찬된 국가의 재정 내역을 모아 놓은 책인 『만기요람(萬機要覽)』에 따르면 "능금(林檎) 3상자. 매 상자의 값은 2냥 8전"이라고 기록되어 있다. 당시 능금한 상자의 값은 풋밤 한 상자, 은행 한 상자와 같은 값이었다. 당시 쌀 1석에 48냥이었으니 오늘날 20kg 쌀을 48,000원으로 상정하였을 때 능금 한 상자의 값은 대략 20,160원 정도가 된다. 오늘날의 가격으로 생각해도 그리 싼 값이 아님을 알 수 있다.

이제 우리 한시에 능금을 소재로 한 작품들을 읽어보기로 한다.

방울방울 이슬 맺힌 무성한 가지에
능금 하나하나 맑은 향기 풍기네
연녹색은 가벼이 벽옥을 모아놓은 듯
연홍색은 방성에 반쯤 달무리 진 듯
왕희지는 이것으로 서첩을 지었고
기왕신은 좋이 문림랑이 되었지
성 안의 천만 그루 능금나무엔
새들이 와서 멋대로 맛보겠지

繁枝和露滴, 箇箇有淸香. 번지화로적, 개개유청향.

嫩碧輕凝玉，　微紅半暈房.　눈벽경응옥, 미홍반훈방.

右軍書作帖，　王謹好爲郞.　우군서작첩, 왕근호위랑.

千萬城中樹，　禽來自在嘗.　천만성중수, 금래자재상.

「능금(林檎 임금)」『허백당집(虛白堂集)』

　　조선 시대의 문신인 용재(慵齋) 성현(成俔, 1439~1504)의 시이다. 그는
『악학궤범』을 집대성하고『용재총화』를 저술한 분으로 널리 알려져 있
다. 이 한 편의 시에 능금에 대한 다양한 정보가 담겨 있다. 대개 능금은
익기 전에는 연녹색이요, 잘 익은 뒤에는 연홍색을 띤다. 5, 6구에는 두
편의 고사를 원용하였다. 옛적 서성(書聖)이라 불린 왕희지가 원제(元帝)
때 우군장군을 지냈기 때문에 '왕우군'이라 불렸다. 그의 서첩 가운데
「여촉군수주서첩(與蜀郡守朱書帖)」이 있는데, 거기에 능금을 뜻하는 '내
금'이 나온다. 또 '왕근'은 당 고종 연간에 활약한 기왕신(紀王愼)을 가
리킨다. 일찍이 왕방언(王方言)이란 자가 능금나무 한 그루를 키워 그 열
매를 따서 먹었는데 맛이 아주 좋았다. 그래서 조주자사로 있던 기왕신
에게 이 열매를 맛보게 하니 역시 맛있다고 여겨 고종에게 바치게 되었
다. 고종도 그 맛이 기특하여 이 열매를 바친 왕씨에게 '문림랑(文林郞)'
이란 벼슬을 내렸다고 한다. 그래서 능금은 '문림과(文林果)'로도 불린다.
7, 8구에는 능금의 맛이 좋아서 뭇 새들이 몰려와서 맛볼 것이라고 하
였다. 이는 능금의 별칭인 '임금'의 유래설을 달리 표현한 것이다.

집 곁에다 이름난 과일 심으니

다양한 종류의 새들 날아오누나

재배한 지 몇 해 만에

세 그루가 무성하게 되더니

비로소 백설 같은 꽃이 피고

이윽고 구슬 같은 열매 보았도다

일생동안 하는 일 없으니

여기에다 힘을 쏟아야겠네

傍舍移名果, 來禽品類殊.　방사이명과, 내금품류수.

栽培成數歲, 蕃茂卽三株.　재배성수세, 번무즉삼주.

始見花含雪, 俄看子映珠.　시견화함설, 아간자영주.

一生無事業, 於此着工夫.　일생무사업, 어차착공부.

「능금을 심고(種林檎 종임금)」

눈같이 하얀 꽃이 첫여름을 밝히고

아름다운 열매가 초가을에 빛나네

시원한 맛은 오얏보다 낫고

달콤한 맛은 석류보다 좋아라

얼음 섞어 옥사발에 올리고

이슬 젖은 금열매를 딴다

뿌리에 물만 주면 과일을 먹을 수 있으니

\# 가을　조선 시대에는 사과보다 능금이 많았다?

신선의 대추를 찾을 것 있으랴

雪花明首夏, 佳實耀新秋. 설화명수하, 가실요신추.

爽味凌朱李, 甘眞邁紫榴. 상미릉주리, 감진매자류.

錯氷登玉椀, 和露摘金鉤. 착빙등옥완, 화로적금구.

漑根能食實, 仙棗豈曾求. 개근능식실, 선조개증구.

「능금(林檎 임금)」『옥담시집(玉潭詩集)』

　　앞의 두 편의 시는 이응희(李應禧, 1579~1651)의 작품이다. 두 편 모두
능금을 심고, 꽃을 보고, 다시 열매를 수확하여 맛보는 과정 중에 그
느낌을 적은 것이다. 능금나무는 4~5월에 꽃을 피운다. 꽃잎은 하얀색
이다. 눈송이처럼 환하다는 시인의 표현 그대로다. 다섯 장의 얇은 순
백의 꽃잎 위에 애기똥풀같은 노란색의 꽃술이 올망졸망 삐어져 나와
있는 것이 능금꽃의 모양이다. 능금의 맛을 표현하려고 오얏, 석류, 대
추가 동원되었다. 시원하고 달콤한 것이 능금의 맛이라 할 수 있겠다.
특히 첫 번째 시에서 '일생 동안 하는 일이 없으니 여기에 힘을 쏟아야
겠다'는 시구에서 능금나무로 향하는 시인의 마음 씀씀이를 읽을 수
있다. 아마도 시인은, 꽃이 피고 벌과 새들이 날아들면 그런 풍경을 감
상할 것이고, 땅이 메마르면 물을 줄 것이고, 이슬이 내리면 이슬 맺힌
능금나무를 지켜볼 것이다. 순백의 꽃잎이 지고 그 자리에 붉디붉은
열매가 맺히는 자연의 조화에 깊이 감탄할 것이다.

　　다음의 시를 한 편 더 감상해 보기로 한다.

진기한 품질은 단연 다른 과일보다 뛰어나니
하나하나가 천금의 값어치에 해당 되고 말고
추운 겨울이라 동방삭도 훔치기 어렵고
갈증을 푸는지라 사마상여의 병도 즉시 나으리
서리 맞은 하얀 과육 맛보니 연하기도 하고
이슬 엉긴 선홍색을 따오니 싱싱하기도 해라
한번 씹으니 온갖 번뇌 사라지고
기상이 표일해져 신선 되어 날아오를 듯

奇品端居衆果先, 應須箇箇直千錢.　기품단거중과선, 응수개개치천전.

當寒曼倩偸難得, 解渴文園病卽瘥.　당한만천투난득, 해갈문원병즉채.

霜着玉肌嘗處軟, 露凝猩頰摘來鮮.　상착옥기상처연, 노응성협적래선.

令人一嚼除煩惱, 逸氣飄飄骨欲仙.　영인일작제번뇌, 일기표표골욕선.

「겨울에 능금을 먹으며(冬日食來禽果 동일식래금과)」『지봉집(芝峯集)』

지봉 이수광(李睟光, 1563~1628)이 1597년 명나라에 사신으로 갔다 오면서 그 당시의 감회를 읊은 시들을 모아 엮어서 『조천록(朝天錄)』이라 했는데, 위의 시는 바로 여기에 수록된 것이다. 따라서 이때 시인이 맛본 능금은 중국산으로 보인다. '문원'은 소갈병을 앓았다는 사마상여를 가리킨다. 능금은 갈증을 해소하는데 도움이 되는 과일이니 사마상여가 먹었으면 틀림없이 병이 나았을 것이라 했다. 능금이 열매 맺는 시기는 대개 10월 경이다. 서리가 내리고 추운 겨울로 접어드는 때이

가을 조선 시대에는 사과보다 능금이 많았다?

므로 과일이 귀하다. 더구나 맛까지 일품이니 그 귀함을 무엇과 비교할 수 있으랴. 능금의 겉은 붉은색이요 속살은 백옥처럼 희다. 맛은 또 어찌나 연한지, 한번 씹어 먹으니 머릿속이 시원해지고 번뇌가 사라져 마치 금방이라도 신선이 되어 날아갈 듯하다. 추운 겨울 아삭아삭한 능금을 한 입 베어 물었을 때 시원한 식감이 전달되기라도 하듯, 생생하게 묘사되었다.

아쉽게도, 오늘날 먹는 사과의 종류는 조선 중기 이후에나 들어온 것이기 때문에 사과를 소재로 한 한시는 찾아보기 어렵다.

제사에 빠지지 않는 **밤**

       중국의 전원시인 도잠(陶潛)이 벼슬을 버리고 그의 고향 율리에 은거하였기에 사람들은 그를 '율리선생(栗里先生)'이라 불렀다. 조선의 대학자 이이(李珥)는 집안의 농장이 있던 경기도 파주 율곡리에서 이름을 따서 자신의 호를 '율곡(栗谷)'이라 하였다. '밤'의 의미가 담긴 '율(栗)'이 지명이나 명호(名號)로 쓰인 예들은 이 외에도 허다하다. 어느 동네 자락이라도 율동(栗洞) 하나쯤은 반드시 있었다. 밤나무골, 밤티, 밤재 하는 이름이 다 그러하다. 이는 중국이나 한국에 밤나무가 그만큼 많다는 의미이기도 하다. 용도도 다양했다. 밤은 제사상 첫머리에 올랐으며, 나무는 재질이 단단하여 제사에 신주를 만드는 데 쓰이기도 하였다. 혼례 때 며느리가 시어머니에게 드리는 폐백 중에 밤은 대추와 함께 필수 품목이었다. 어디 그뿐인가.

　봄이면 가지가 성글어서 가지 사이로 꽃이 서로 비치고, 여름이면 잎이 우거져서 그 그늘에서 쉴 수 있으며, 가을이면 밤이 맛이 들어 입에 가득 채울 만하며, 겨울이면 껍질을 모아 아궁이에 불을 땐다. …… 이 밤[栗]은 모든 물건보다 가장 늦게 나는 것이며, 재배하기가 매우 어렵고 장구한 시간이 걸리지만 자라기만 하면 성장하기 쉬우며, 잎이 매우 늦게 피지만 피기만 하면 그늘을 쉽게 만들어 주며, 꽃이 매우 늦게 피지만 피기만 하면 성하기 쉬우며, 열매가 매우 늦게 열리지만 열리기만 하면 거두기가 쉽다.

　위의 글은 집터를 고를 적에 반드시 밤나무 숲이 무성한 곳을 선택하고, 거기에 집을 짓고는 '율정(栗亭)'이라 이름하였다는 사람이 왜 그러하였는지 그 연유를 말한 것이다. 봄이면 밤꽃이 피고, 여름이면 무성한 그늘을 만들어 주고, 가을이면 입을 가득 채워줄 열매가 열리고, 겨울이면 밤껍질을 불쏘시개로 쓸 수 있으니, 밤나무가 주는 이로움이 사시사철 이어지기 때문이라고 하였다. 또한 밤나무가 지닌 덕성(德性)을 헤아려보니, 늦게 나고, 재배하는데 오래 걸리고, 잎도 꽃도 늦게 피는 '늦됨'에 있다고 하였다. 그렇지만 뭐든 이렇게 늦어도 성장하기 시작하면 그야말로 폭풍처럼 쉽게 성장하고 쉽게 수확한다고 하였다. 밤나무가 주는 이로움과 덕성에 과연 머리가 끄덕여진다. 이는 백문보(白文寶, 1303~1374)의 『담암일집(淡庵逸集)』에 실린 「율정설(栗亭說)」에 나오는 글이다.

　밤에 관한 글은 "개암나무와 밤나무를 심고, 가래나무와 오동나무와 자나무와 옻나무를 심으니, 장차 이것을 베어서 거문고와 비파를 만들 것이리라.(樹之榛栗, 椅桐梓漆, 爰伐琴瑟. 수지진률, 의동재칠, 원벌금슬.)"고 한 『시경』에 처음 보이니, 밤이 인류와 함께 한 역사가 족히 이천오백 년이 넘는다. 밤나무 천 그루를 심으면 그 이익이 천호후(千戶侯 1천 호에서 나오는 세금을 받는 제후)와 맞먹는다는 옛말이 있는 것을 보면, 그 이익이 적지 않음을 알 수 있다. 또 신주로 쓰일 밤나무를 순시하는 율목 경차관(栗木敬差官)이라는 관원도 있었다 하니, 밤나무를 어떻게 예우하였는지 알 수 있다. 일찍이 두보는 사천성 금관성에 머물러 살면서 금리(錦里) 선생이라 자칭하고는 "까만 각건 쓰신 금리 선생, 뜰에서 토란과 밤만 주워도 굶지는 않겠구려.(錦里先生烏角巾, 園收芋栗未全貧. 금리선생오각건, 원수우률미전빈.)"라는 시를 읊었다. 가을철 토란과 밤만 있어도 굶지 않고 그런대로 견딜 수 있다는 의미가 들어 있다. 그래서 토란과 밤은 소박한 전원생활을 대표하는 상징으로 쓰이기도 한다.

　이제 밤을 소재로 쓴 한시 몇 편을 소개해 본다.

　　잎은 여름철에 나고 열매는 가을철에 익네.
　　틈이 딱 벌어지면 방울 같고 껍질은 흰 살덩이를 겹으로 감싸네.
　　제사상에는 대추와 함께 놓이고 여자의 폐백에는 개암과 짝지어지네.
　　손님을 대접할 뿐 아니라 우는 아이 울음도 그치게 하네.

가을　제사에 빠지지 않는 밤

이익은 천호후(千戸侯)와 맞먹고 만인의 굶주림도 구제할 만하구려.

맛을 탐내어 한 움큼 쥐고, 껍질을 쉬 벗기고자 앞니를 날 세우네.

화롯불에 굽고, 솥에도 삶네.

처음 주울 땐 원숭이에게 빼앗기기도, 저장할 땐 쥐도 막아야 하네.

가시 많다 싫어하지 말라, 달디단 엿 맛이 사랑스럽구려.

등급은 삼진록에 들었고, 이름은 오원에 떨쳤네.

의당 곡식과도 맞먹는데, 어찌 사과나 배 따위에 비교하랴.

고슴도치 털 같은 껍질이 쌓이면, 넉넉히 땔감이 되리라.

葉生朱夏候, 實熟素秋時. 罅發呀鈴口, 苞重祕玉肌.

엽생주하후, 실숙소추시. 하발하영구, 포중비옥기.

饋籩兼棗設, 女贄與榛隨. 不但供來客, 偏工止哭兒.

궤변겸조설, 여지여진수. 부단공래객, 편공지곡아.

堪將千戸等, 足濟萬人飢. 握重緣貪味, 牙銛易褫皮.

감장천호등, 족제만인기. 악중연탐미, 아섬이치피.

煨憑爐底火, 烹代竈中炊. 始拾遭猿奪, 收藏杜鼠窺.

외빙로저화, 팽대조중취. 시습조원탈, 수장두서규.

莫嫌攢刺棘, 聊愛蘊甘飴. 品入三秦錄, 名標五苑奇.

막혐찬자극, 요애온감이. 품입삼진록, 명표오원기.

尚宜方穀粒, 詎可譬楂梨. 遺殼蝟毛積, 薪樵尙可期.

상의방곡립, 거가비사리. 유각위모적, 신초상가기.

「율시(栗詩)」『동국이상국집(東國李相國文集)』

고려 시대에 문호로 알려진 이규보(李奎報, 1168~1241)는 위의 시를 쓰면서, "밤은 사람에게 이로움이 많다. 사과, 배, 귤, 유자처럼 잠깐 목을 축일 뿐만이 아닌데도 고인의 시집에는 밤을 읊은 것이 대체로 적다. 그래서 나는 이를 읊는다."라고 한 서문을 덧붙였다. 밤은 제사와 폐백에 쓰였고, 손님 대접할 때에도, 우는 아이를 달랠 때도 유용하게 쓰였다. 위 시의 '삼진록'과 '오원'의 어휘는 옛적 밤이 얼마나 컸는지와 밤이 굶주린 백성을 구제하는 데 활용되었음을 뜻한다. 한 무제 때 과수원에 있던 밤은 열다섯 개가 한 말(斗)이 될 정도로 크기가 컸다고 「삼진기(三秦記)」에 보인다. 또 진나라에 흉년이 들었을 때, 오원(五苑)의 채소와 밤을 풀어 백성을 구제해 달라는 청원이 있었다고 한 사실에 근거하여 위와 같이 쓴 것이다. 오원은 밤이 유명한 곳이라고 한다. 밤이 굶주림을 면하게 해 주기에 곡식과 맞먹는다고 하였으며, 그 껍질은 땔감이 된다고 하였다. 아마도 밤에 대한 정보를 총망라한 시가 아닐까 싶다.

맑은 서리에 가을 과일 익으니
동산에 밤송이가 벌어졌어라
나무에서 밤이 우수수 떨어져
숲을 뒤지며 붉은 밤알 줍는다
삶으면 늙은이가 먹기 좋고
구우면 주린 배 채울 수 있네

가을 제사에 빠지지 않는 밤

예로부터 산속 생활의 흥취로
이 맛보다 더 좋은 게 없어라

霜淸秋果熟, 園栗拆寒房. 상청추과숙, 원률탁한방.

落樹紛珠彈, 披林拾紫瓊. 낙수분주탄, 피림습자경.

烹融宜老食, 煨熟可飢腸. 팽융의로식, 외숙가기장.

自昔山居興, 無踰此味長. 자석산거흥, 무유차미장.

「밤을 주우며(拾栗 습률)」『옥담시집(玉潭詩集)』

　　조선 시대 이응희(李應禧, 1579~1651)의 작품이다. 가을의 정취를 더하
는 풍경 가운데 하나가 탁 벌어진 붉은 밤송이다. 수풀 속을 헤치며 밤
알을 줍는 장면은 예나 지금이나 같은 가보다. 삶아 먹어도 좋고, 구워
먹어도 좋은 것이 밤이다. 때로 간식이 되기도 하고 식량이 되기도 한
다. 산속 생활의 재미로 밤 맛보다 더 좋은 게 없다고 한 마지막 구절
이 정답다. 이응희의 또 다른 시편에는 "임하에서 먹는 이 밤을 가지
고 헌근의 정성을 바치고 싶어라(要將林下饌, 欲盡獻芹誠. 요장임하찬, 욕진헌
근성.)"라고 한 것도 보인다. '헌근의 정성'이란, 이 맛있는 밤을 임금께
바치고 싶다는 의미이다. 옛날 가난한 한 농부가 추운 겨울날 따뜻한
햇볕 쬐는 것이 무척 행복하여 '등에 햇볕 쬐는 즐거움을 다른 사람은
모를 것이니 얼른 임금께 바치자'고 아내에게 말했다고 한다. 이 말을
들은 이웃의 부자가 그 농부에게 '미나리를 아주 좋아한 사람이 내게
맛이 좋다고 하길래 먹어보니 맛이 독하고 배만 아프더라'고 말했다

고 한다. 『열자(列子)』에 나오는 이 이야기로 인해 하찮은 것이지만 임금께 바치고 싶은 정성이란 의미로 확대되었다.

　다음은 다산 정약용(丁若鏞, 1762~1836)이 유배 시절에 밤을 부쳐 준 자식을 생각하며 쓴 시이다.

　　도연명 자식보다 나은 편이구나
　　아비에게 밤 부쳐온 걸 보니
　　따지면 한 주머니 하찮은 것이지만
　　천 리 밖 배고픔을 생각해서겠지
　　아비 생각 잊잖은 그 마음이 예쁘고
　　봉할 때의 그 손놀림이 아른거리누나
　　먹으려니 오히려 마음에 걸려
　　물끄러미 먼 하늘을 바라다보네

　頗勝淵明子, 能將栗寄翁.　파승연명자, 능장률기옹.

　一囊分瑣細, 千里慰飢窮.　일낭분쇄세, 천리위기궁.

　眷係憐心曲, 封緘憶手功.　권계련심곡, 봉함억수공.

　欲嘗還不樂, 惆悵視長空.　욕상환불락, 추창시장공.

「자식이 밤을 부쳐오다(穉子寄栗至 치자기률지)」『다산시문집(茶山詩文集)』

　천주교도를 박해한 신유사옥 때 연루되어 신지도로 유배되었다가 다시 강진으로 이배되었을 당시, 다산의 나이는 40세였다. 그때 슬하의 두 아들은 18세, 15세였다. 첫째 구에서 시인은, 아버지에게 밤을 보내준 것으로 보아 자신의 자식이 도연명의 자식보다 낫다고 하였다. 율리(栗里)에 은거한 도연명은 아들이 다섯 있었다. 그런데 그의 「책자시(責子詩)」를 보면, "다섯 명의 아들이 있으나 모두 종이와 붓을 좋아하지 않네. 아서(阿舒)는 나이가 이미 열여섯이나 게으르기 한량없고, 아선(阿宣)은 열다섯이나 학문을 좋아하지 않고, 옹(雍)과 단(端)은 열세 살이 되었으나 여섯과 일곱도 구분하지 못하고, 통(通)은 아홉 살이 되었지만 찾는 것은 배와 밤뿐이다."라고 하였으니, 자식이 모두 학문을 좋아하지 않았던 듯하다. 도연명의 자식들보다 자신의 자식이 낫다고 한 시구 속에는 자식 자랑하고 싶은 아버지의 마음을 읽을 수 있다. 따지고 보면 그까짓 하찮은 밤이 무엇이라고 그럴까 싶지만, 천 리 밖 유배지에서 고생하고 있을 아버지를 생각하며 보낸 그 마음이 얼마나 가상한가. 제 아버지를 생각하며 보낸 그 밤을 먹으려니 시인은 저도 모르게 울컥해져서 먼 하늘만 쳐다본다고 하였다. 어쩌면 다산은 적막강산인 유배지에서, 언제 자유의 몸이 될지도 모르는 암담한 상황에서 자식이 보내준 밤 몇 알을 통해 '살아내야'하고 '견뎌내야'할 이유를 새삼 깨달았을지 모른다. '하찮은' 밤을 통해서 말이다.

지금은 늦봄 그윽한 밤꽃 향기에 취해 볼 일도, 온 숲을 헤치며 밤송이를 찾을 일도, 탁탁 터지는 밤 익는 소리를 들을 일도 점점 드물어지고 있다. 먼 길 찾아온 친구와 술독을 앞에 놓고 밤을 깎으며 밤새 이야기할 일도 없어졌다. 아들이 부쳐온 밤을 보며 가슴이 뜨거워져 먼 하늘만 쳐다볼 일도 사라지고 있다. 산을 깎고 언덕을 뭉개느라 밤나무 숲이 사라지고 있다. 옛날과 비교하여 사라져서 좋을 것도 있지만 사라져서 서운할 것도 있다. 밤나무 숲이 그렇고, 밤꽃 향기가 그렇다. 그리고 밤을 두고 오고 간 인정이 사라지는 것은 더욱 서운할 일이다.

가을 제사에 빠지지 않는 밤

개암이 헤이즐넛이라고요?

밭일 갔다가 돌아오시는 할아버지의 적삼 호주머니에는
언제나 도토리같은 작은 열매들이 가득했다. 까칠까칠한 초록의 잎이
층층으로 포옥 감싸며 보호하고 있는 열매, 동자승의 머리처럼 매끈매
끈했다. 잎을 떼어내고 손톱을 세워 연초록의 껍질을 살살 벗겨내면
하얀 속살이 나왔다. 단단하게 익은 것이 아니라서 약간의 물기가 있
어 포시락했다. 고소했다. 손톱 밑에 물든 초록빛이 사라질 때까지 어
금니에 은은한 향내가 남아 있는 듯했다. 당시에는 이 열매를 '깨금'이
라고 불렀다. 밭두둑이며, 언덕배기 혹은 높은 산으로 올라가는 길섶
어디에서든 쉽게 볼 수 있는 열매였다. 먹을 것이 풍성하지 않았던 어
린 시절, 괜찮은 한철 군것질이었다. 할아버지의 적삼 호주머니 속에

들어있는 올망졸망한 깨금들, 거기에는 손주를 생각하는 소박한 사랑이 담겨 있었다.

깨금의 정식 명칭은 '개암'이다. 한자는 '진자(榛子)', 별칭으로 '산판율(山板栗)', '첨율(尖栗)'이라고도 한다. 개암은 밤과 비슷하게 생겼으나 조금 작다. 개암나무 꽃은 3~4월경에 피는데, 암꽃은 붉은 꽃망울을 터트리고, 수꽃은 노랗게 튀긴 작은 팝콘을 알알이 꿰어서 매달아 놓은 모양이다. 멀리서 보면 노란색 소시지가 거꾸로 매달려 있는 듯하다. 완전히 익은 개암은 도토리처럼 단단하고 갈색을 띤다. 지금은 과실로서 존재감이 그리 묵직하지 않은 듯하지만, 적어도 몇 천 년 전에는 제례에 쓰였던 귀한 물건이었다. 개암에 관하여 기록한 가장 이른 문헌은 『시경』이다.

산에는 개암나무가 있고
습지에는 감초가 있네.
누구를 그리워하는가?
서방의 미인이로다.
저 미인이여!
서방의 미인이로다.
(山有榛, 隰有苓. 云誰之思? 西方美人. 彼美人兮, 西方之人兮.
산유진, 습유령. 운수지사? 서방미인. 피미인혜, 서방지인혜.)

가을 개암이 헤이즐넛이라고요?

「패풍(邶風)」〈간혜(簡兮)〉편에 나온다. 사모인곡, 속미인곡에서 '미인'이 군주를 가리키듯, '서방의 미인'은 다름 아닌 서주(西周)의 임금이다. 그것도 보통의 임금이 아니라 매우 훌륭한 임금이다. 이 시에는 현자가 말세에 뜻을 얻지 못하자 주나라의 훌륭한 임금을 그리워하는 의미를 담고 있다고 해석하였다. 또는 위나라 임금이 현자를 등용하지 못함을 풍자한 시라는 견해도 있다. 그래서 '진령(榛苓)'은 임금을 그리워하는 단어로 많이 쓰인다. 예를 들어보면, "부르는 왕명은 오지 않고 세월만 흘러가니, 하늘 끝 외진 곳에서 임금 생각 한이 없네.(徵書不下歲月忙, 無限榛苓天一方. 징서불하세월망, 무한진령천일방.)"와 같이 쓰였다.

또 『춘추좌씨전』의 〈장공 24년〉에도 보인다. "여자가 폐백을 올릴 때는 개암, 밤, 대추, 말린 고기 등으로 정성을 표하면 된다.(女贄不過榛栗棗脩以告虔也. 여지불과진률조수이고건야.)"라고. 『춘추좌씨전』은 공자가 편찬한 『춘추』에 좌씨가 주석을 달아 놓은 책이다. 신부가 지참한 예물에 '개암'이 포함되어 있다. 『예기』에도 "부인의 예물은 호두, 개암, 밤, 얇게 말린 고기[脯], 생강과 계피를 섞어 말린 고기[脩]를 사용한다."고 하였다. 또 『주례』에 '대추, 밤, 복숭아, 말린 매실, 개암'을 제사에 쓴다고 하였다. 이처럼 개암은 여자가 시부모를 뵐 때와 제례에도 사용되었던 과실이었다. 『조선왕조실록』에는 개암을 공물로 바쳤다거나 제사에 올렸다는 내용이 수차례 언급되었다. 『만기요람』에는 '개암 1상자에 3냥 6전'이라고 한 기록이 보인다. 또 민간에서는 개암을 먹으면 배가 고프지 않다고 하여 구황식물로도 활용되었다.

개암이 주위에서 쉽게 볼 수 있어서 그런지, 이를 소재로 한 한시는 다음이 유일해 보인다.

개암이 들판에 무성히 자라니
열매가 가지마다 가득 맺혔어라
푸른 껍질은 서리 오기 전 터지고
노란 열매는 비 온 뒤에 떨어진다
저녁에는 원숭이를 따라서 줍고
아침에는 목동과 열매를 다툰다
상쾌한 맛 없다 싫어 말라
참맛은 또 향기로울 수 있으니

榛生原隰茂, 結子萬枝盈.　진생원습무, 결자만지영.

靑殼霜前拆, 黃珠雨後零.　청각상전탁, 황주우후령.

暮逐狙公拾, 朝從牧豎爭.　모축저공습, 조종목수쟁.

莫嫌難爽口, 眞味亦能馨.　막혐난상구, 진미역능형.

「개암(榛子 진자)」 『옥담시집(玉潭詩集)』

조선 시대 이응희(李應禧, 1579~1651)의 작품이다. 그의 호는 옥담(玉潭)이다. 세상의 모든 사물에 관심을 갖고 시를 썼던 그의 문학적 열정 덕분에 남들이 주목하지 않았던 '개암'시가 이렇게 세상에 남은 것이다. 마지막 구절에 눈길이 간다. 개암은 여느 과실처럼 달달하거나 수분이 많아 갈증을 덜어주지는 못한다. 어찌 보면 맛이 고소하다고는 하나 밋밋할 수 있다. 그래서 시인은 말한다. '시원한 맛이 없다고 맛이 없는 게 아니다. 찬찬히 씹어보면 고소한 맛이 느껴질 것이다. 그게 개암의 참맛이다'라고.

이외에도 개암이 언급된 시편들을 인용해 보면 다음과 같다.

거친 개암나무 헤치기 어려우나
돌길은 조금 평평하고 넓도다.
荒榛撥難開, 石徑少平曠. 황진발난개, 석경소평광.

『동국이상국집(東國李相國文集)』

개암나무 숲에는 나무꾼이 나무하고
봄풀은 파릇파릇 새 밭에서 돋아나네.
風榛歷歷隱樵斧, 春草靑靑生斫畬. 풍진력력은초부, 춘초청청생작여.

『농암집(農巖集)』

동산에는 밤 있고 산에는 개암 있으니
감히 정결하게 정성으로 진설하지 않으랴.
園有栗兮山有榛, 非敢潔兮誠以陳. 원유률혜산유진, 비감결혜성이진.

『운양집(雲養集)』

개암나무는 산기슭 어디서든지 잘 자란다. 한두 그루가 여기저기 자라기도 하지만 군락을 이루기도 한다. 군락을 이루고 있는 곳은 거친 숲이 되어 헤쳐 나가기 어려울 정도다. 그 숲 언저리에는 나무꾼이 나무하는 모습도 쉬이 볼 수 있다. 흔하디흔한 과실이지만 개암은 제수용품이었으니 귀한 대접을 받았다.

요즘 아이들에게 개암을 설명하려면, 전래동화인 '도깨비방망이' 속 이야기를 하면 오히려 쉬울 것 같다.

옛날 깊은 산골에 늙으신 부모님을 모시고 사는 착한 나무꾼이 살았어. 날마다 산에서 나무를 해서 그걸 팔아서 살았지. 어느 날 산에서 나무를 하는데 개암 한 톨이 데구루루 굴러와서 '이건 아버지 드려야지' 했어. 개암 한 톨이 또 데구루루 굴러와서 '이건 어머니 드려야지' 했지. 조금 있다가 또 개암 한 톨이 굴러와서 '이건 내가 먹어야지' 했어. 나무꾼이 나무도 하고 개암도 줍고 하다가 그만 날이 어두워서 길을 잃어버렸네. 이리저리 헤매다가 허름한 집 한 채를 발견해서 거기 들어가서 밤을 새우기로 했지. 방 한구석에 자리를 마련하고 잠을 자려는데 갑자기 도깨비들이 들어와서 방망이를 두드리면서 '밥 나와라 뚝딱' 하면 밥이 나오고, '떡 나와라 뚝딱' 하면 떡이 나오는 것을 본 거야. 이것을 보고 있던 나무꾼은 너무 배가 고파서 자기도 모르게 호주머니에 있던 개암을 꺼내서 '딱'하고 깨물었어. 그런데 그 소리가 어찌나 크게 들렸던지, 도깨비들이 깜짝 놀라서 밥도 떡도 요술방망이도 다 놓아두고 달아나 버렸어. 나무꾼은 도깨비가 두고 간 요술 방망이를 들고 와서 큰 부자가 되었다고 해.

이처럼 동화의 주인공이 주머니에 넣어가지고 다니면서 심심할 때 먹었던 것이 '개암'이었다. 그러면 개암이 낯선 어른들에게는 '헤이즐넛'이라고 하면 좀 더 친숙할까? 개암은 흔히 헤이즐넛(Hazelnut)으로 번역된다. 그런데 헤이즐넛은 서양 개암나무(Corylus Avellana)의 열매이고 한국 자생의 개암나무(Corylus heterophylla)와는 종이 달라서 완전히 일치하는 것은 아니다. 흔히 헤이즐넛을 토종 개암나무의 개량종이라고 한다. 은은한 향으로 인기가 높은 '헤이즐넛 커피'는 중국어로 '榛子咖啡(zhēnzi kāfēi)'라고 하니, 헤이즐넛을 중국에서도 '榛子'로 번역한다. '헤이즐넛 커피'에 실제로 개암이 들어가는 것이 아니고, 개암의 고소한 향을 추출하여 가미한 것이다. 개암은 천연의 향기가 있어서 아이스크림, 과자, 빵, 커피 같은 데 첨가제로 활용된다. 또 땅콩, 해바라기에서 기름을 짜듯이 개암의 씨앗에서 기름을 추출하여 식용유를 만들 수 있다.

한의에서는 '비장과 위장을 보하고 기력을 돕는다. 눈을 밝게 하는 효력이 있다. 소갈증과 야뇨증에도 도움이 된다. 평시에 볶아서 먹거나 죽으로 먹거나 탕을 끓여 먹으면 좋다'라고 하였다. 세계에서 가장 많은 헤이즐넛을 생산하는 나라는 터키(Turkey)이다. 터키에는 '한 줌의 헤이즐넛이 평생의 건강을 지켜 준다'는 속담이 있다고 한다. 개암은 호두, 아몬드, 캐슈너트와 함께 세계 4대 견과류로 많은 사람들이 즐겨 먹는 과실이다.

개암과 헤이즐넛이 완전히 같은 종은 아니지만 비슷한 종인데도, 왠지 느낌은 전혀 다르다. 개암이 토속적인 이미지에 소박하고 꾸밈없는 고소한 맛이 연상된다면, 헤이즐넛은 세련되고 도시적인 이미지에 아이스크림, 커피 등에 어울릴 법한 향긋한 맛이 떠오른다. 그 옛날, 내어릴 적 할아버지의 적삼 호주머니에서 나왔던 개암이 헤이즐넛이라고 말하면, 어쩐지, 썩 어울리지 않는다. 역시 개암은 개암이라고 해야어울릴 것 같다.

겨울

밤새 눈이 내리다가
아침에 개어
지붕 위에
새벽 햇살 눈부시어라

新雪夜來霽, 신설야래제
晨曦照屋端, 신희조옥단

밤에 눈이 오다가 아침에 개어서(夜雪朝霽對飯寫懷) _성현(成俔)

겨울

나의 시詩는 모과

11월

　모과의 계절이 다가오고 있다. 많은 사물이 속담에 표현
되었듯이, 모과와 관련된 속담도 있다. '과일전 망신은 모과가 다 시킨
다'라든가, '모과는 얽어도 선비 방에서 겨울을 난다'는 것이 그러하
다. 울퉁불퉁하게 못생긴 겉모습을 지녔지만 그윽한 향기로 인해 선비
가 가까이하는 과일이라는 의미가 들어있다. 못생겼지만 향긋한 과일
이라니, 은근히 매력이 있다. 『본초강목』에는 모과를 약으로 분류하고
있다. '맛이 시고, 따뜻하고 독성이 없으며, 콜레라나 경련이 멈추지 않
을 때 효과가 있고, 냉기를 없애주고 소화를 돕고, 기침을 멈추게 하는
작용이 있다'고 소개하고 있다.

모과는 어찌하여 그 이름을 모과라 하였을까? 한자는 목과(木瓜)이다. 아마도 나무에서 생장하면서 그 맺힌 생김새가 오이와 같아서 명명한 것이 아닐까 생각해 본다. 대개 모과는 그 맛이 시고 떫어서 생으로 먹지 못한다. 대신 건조하여 차로 마시거나 약재로 쓴다. 또 향기가 좋아서 방향제로 활용된다. 흔히 '파파야(papaya)'라고 하는 과일도 중국어로 '모과(木瓜)' 혹은 '번목과(番木瓜)'라고 하는데, 이것은 중미나 남미가 원산지로, 17세기경에 중국에 수입된 열대과일이다. 그러니까 앞서 말한 모과와 전혀 다른 종이다. 이 파파야는 중국의 광동, 광서와 같은 남부 지방에서도 생산된다. 긴 타원형에 과육은 노란색, 주황색을 띠며 새까만 씨앗이 촘촘히 박혀 있는데 피부 미용에 좋다 하여 여성들에게 인기가 좋다. 중국에서는 이 파파야를 '백익과(百益果)', '만수과(萬壽果)'라고 부른다. 살구의 이로움이 한 가지라면, 배는 두 가지의 이로움이 있고, 모과는 백 가지가 이롭다는 말에서 생겨난 것이다. 이 글에서 쓰려는 모과는 파파야가 아니다.

그렇다면 중국이 원산지인 모과는 언제부터 먹기 시작하였을까? 그 기록이 『시경』에 처음 보이니 역사가 꽤나 오래되었음을 알 수 있다. 『시경』에 "나에게 모과를 던져주기에 나는 패옥으로 답례하고 싶나니, 그저 형식적으로 보답하는 것이 아니라, 영원히 친하게 지내기 위함이라네.(投我以木瓜, 報之以瓊琚, 匪報也, 永以爲好也. 투아이목과, 보지이경거, 비보야, 영이위호야.)"라는 내용으로 실려 있다. 경거(瓊琚)는 매우 귀한 보석류를 말한다. 모과를 던져주었는데 패옥으로 답례한다는 것은, 작은 정성에 후하게 답례한다는 뜻을 담고 있다. 귀한 물건으로 후하게 답례하는 이유는 앞으로도 계속 친하게 지내기 위함이라 하였다. 여기서 모과는 하찮은 물건에 비유하고, 경거는 귀중한 보물에 비유하였다.

고려 시대 이규보의 『동국이상국집』에는, '한밤중에 스님이 귤, 모과, 홍시를 가지고 손님을 대접하는데 한번 씹자마자 졸음이 달아났다'고 하는 글이 보인다. 그 시에 "반쯤 붉은 모과가 점점이 칼끝에 떨어지네(木瓜紅半頰, 片片落銛鋩. 목과홍반협, 편편락섬망.)"라고 묘사하였다. 여기서 붉은 모과라는 것이 붉은빛을 띠었다기보다는 한밤중 불빛에 의해 그렇게 보인 것이 아닌가 싶다.

그 외에 모과를 소재로 한 대부분의 시에는 『시경』에서 언급한 '경거'의 의미가 들어 있다. "기꺼이 그대와 친분 맺었지만 경거로 보답하려니 모과 같은 솜씨 부끄럽네(欣從蘭室投針芥, 欲報瓊詞愧木瓜. 흔종난실투침개, 욕보경사괴목과.)"라든가, "비록 글재주 부족해 화답하기 부끄럽지만, 경거 받고 모과로 보답하는 게 무슨 상관이랴(縱使才慳慚屬和, 瓊投瓜報亦何妨. 종사재간참촉화, 경투과보역하방.)"에서 보이는 예들이 모두 그러하다. 다음의 모과시를 소개해 본다.

동산에 익은 과일
이슬에 젖은 채 둥글둥글 매달렸네
장맛비 내릴 땐 푸른 탄환 같더니
찬서리 내리니 금망치 같아라

좋은 맛은 복숭아 살구보다 낫고

짙은 향기는 대추 배보다 월등하네

경거로 그대에게 보답할 수 없으니

늙은이가 먹기는 어려워라

有果園中熟, 團團盈露枝.　유과원중숙, 단단영로지.

雨淋垂碧彈, 霜重掛金鎚.　우림수벽탄, 상중괘금추.

厚味傾桃杏, 濃香小棗梨.　후미경도행, 농향소조리.

瓊琚君莫報, 難可服年衰.　경거군막보, 난가복년쇠.

「모과(木瓜)」『옥담시집(玉潭詩集)』

이 시를 지은 이응희(李應禧, 1579~1651)는 호가 옥담(玉潭)으로, 안양군 이항(李忼)의 현손이다. 대과 초시까지는 합격하였지만 그 이후 벼슬의 뜻을 접고 수리산 아래에 초옥을 짓고 시를 쓰고 벗들과 어울리며 평생을 보낸 시인이다. 17세기 향촌 사회를 담백하게 묘사하였다는 평을 듣고 있다. 위의 시에는 모과의 모양과 맛과 향 그리고 의미를 표현하였다. 아직 덜 익었을 때는 푸른빛이 나고 그 모양은 둥근 탄환 같다가 가을에 익게 되면 황금색을 띤다고 하였다. 맛은 복숭아나 살구보다 맛있고, 향은 대추나 배보다 짙다고 평가하였다. 그리고 7, 8구에 시경에서 말한 '경거'의 뜻을 가져다 썼다. 모과를 받고 경거로 답례할 수 없는 미안함을 드러내었다.

귤 유자 같이 자태 어여쁘고

박처럼 매달려 있네.

맛은 물론이려니와

이 어여쁜 색을 사랑하노라.

부인더러 꿀물에 졸이라하니

향긋하고 새콤하고 부드러워 먹기 딱 좋아라

소화를 돕고 비장을 튼튼하게 하니

늘그막에 더욱 이로워라

姿妍橘柚幷， 懸繫匏壺若.　자연귤유병, 현계포호약.

不論味如何， 憐此好顔色.　불론미여하, 연차호안색.

喚婦作蜜煎， 香酸軟宜嚼.　환부작밀전, 향산연의작.

消食兼養脾， 衰年得滋益.　소식겸양비, 쇠년득자익.

(이하 생략)

「족질 정서가 모과를 보내주어 시로 사례하다

(族侄廷瑞贈木瓜詩以謝之 족질정서증목과시이사지)」『간옹집(艮翁集)』

위는 조선후기의 문신 이헌경(李獻慶, 1719~1791)이, 모과를 보내준 족
질에게 감사의 말을 전하는 시이다. 시인은 모과의 맛도 맛이려니와
아무래도 잘 익은 황금빛을 더 사랑하나보다. 여기에는 모과의 조리
방법이 소개되어 있다. 모과를 가늘게 썰어서 설탕물에 조리다가 꿀
을 넣고 은근히 조려 내는 것이 모과밀전이다. 그윽한 향기와 새콤하

고 부드러운 맛이 일품인데다가 소화가 잘 되고 비장을 튼튼하게 하여 노인이 먹기에 좋은 한방요리인 셈이다.

한편, 모과는 보잘것없는 자신의 시를, 경거는 상대방의 훌륭한 시문을 지칭할 때 쓰이기도 했다. 또 시평에도 활용되었다. 동악 이안눌(李安訥, 1571~1637)과 제호 양경우(梁慶遇, 1568~?)와의 일화 한 편을 소개해 본다.

학사 이안눌의 시의 풍격은 혼후(渾厚)하고 농려(濃麗)하였다. 실로 세상에서 보기 드문 시재로 가작은 이루 다 기억할 수 없다. 그가 담양을 다스릴 때 나와 함께 면앙정에 올라가 시를 지었다. 내가 감히 당돌하게 먼저 지었는데 함련에 "저녁놀 잠길 제 평야가 넓고, 태허는 막힘없어 뭇 산이 높네.(殘照欲沈平楚闊, 太虛無閡衆峯高, 잔조욕침평초활, 태허무애중봉고.)"라 하였다. 내 스스로 뛰어난 시어를 얻었다고 기뻐하였다. 이에 이안눌이 차운하기를 "서쪽을 조망하매 시내와 들판은 끝없고, 남녘의 형승은 이 정자가 으뜸이다.(西望川原何處盡, 南來形勝此亭高, 서망천원하처진, 남래형승차정고.)"라 하였다. 특히 아래 구절은 두보의 '해우에선 이 정자가 예스럽네(海右此亭古 해우차정고)'와 어세가 대략 흡사하니, 가히 '모과(木瓜)를 던져주고 경거(瓊琚)로 돌려받았다'고 이를 만하다.

이것은 양경우의 『제호집(霽湖集)』에 실려 있는 시화(詩話)이다. 두 사람이 면앙정에 올라 시를 지었는데 양경우의 시에 차운한 이안눌의 시가 매우 훌륭했다는 찬사를 '모과를 던져주고 경거로 돌려받았다'고 평하였다. 이안눌은 당시 시단의 맹주였다. 그는 스스로 시로서 일가를 이루었을 뿐만 아니라 당대 문장가로 알려진 권필, 이정구, 이호민 등의 작가들과 함께 동악시단(東岳詩壇)을 결성하여 꽤 오랫동안 문학 활동을 하였다. 양경우는 면앙정을 둘러싼 풍경을 그럴듯하게 묘사한 자신의 시구가 아주 만족스러웠다. 그런데 곧이어 차운한 이안눌의 시를 보고 자신의 시적 수준을 가늠하였다. 시격(詩格)의 차이를 인정하지 않을 수 없었던 것이다. 이안눌의 시구는 난해하지 않으면서 평담하고, 평담하면서 고아한 아취가 느껴진다고 할 수 있다. 그래서 자신의 시구는 모과에, 이안눌의 시구는 경거에 비유하여 칭찬하였다.

모과는 귀하고 값나가는 과일은 아니다. 여느 과일처럼 강렬한 맛을 지니지도 않았다. 그러나 우리 몸을 이롭게 하는 양분을 간직한 '향기'로운 과일이다. 또 옛사람들에게는 자신의 시문을 겸손하게 비유할 때 쓰였던 과일이다. 다소 투박하지만 향긋한 모과가 가을의 정취를 더하고 있는 이즈음, 모과(木瓜)와 경거(瓊琚)로 시문을 주고받는 시우(詩友)가 있다면 우리 삶이 더 윤기 나지 않을까 싶다.

감기에는 **배**, 갈증 해소에도 **배**

    어릴 적 고뿔에 걸려 콜록거릴 때 어머니가 늘상 해주시던 것 중의 하나가 '배숙'이었다. 노랗게 잘 익은 배의 위쪽을 자르고 백설 같은 하얀 속살을 살살 달래듯 긁어내고 난 빈 곳간 같은 곳에 대추며, 생강이며, 꿀이며, 혹은 그 비싸다고 하는 인삼 쪼가리 하나를 넣고 은근하게 달여주신, 그 한 사발의 음료를 들이키고 나면 기침이 바로 멎곤 했다. 어머니가 어릴 적 해주시던 배숙은, 어머니가 되어 내 자식에게도 그렇게 해주고 있다. 배숙은 감기의 치료와 예방을 위해 그렇게 오랜 세월 민간에서 손쉽게 할 수 있었던 치료법이었다. 그러니 배는 참으로 듬직한 과일이 아닐 수 없다.

    한국이나 중국이나 배(梨)에 관한 자료를 보면, 대개가 열을 내리고 감기와 천식 등에 효과 있는 약재로 기술되어 있다. 중국에서는 배를 '전방위적인 건강 과일'이라고 소개하기도 한다. 그러니까 배는 식용으로서의 과일만큼이나 약용으로 주목받았다.

우리나라에서는 삼한 시대부터 배를 재배하였다는 기록이 있다. 그리하여 역대의 문헌에는 배에 관한 많은 기록이 남아 있다. 그러면 역대의 시인묵객들은 배를 어떻게 읊었을까? 그들은 무엇보다 봄에 하얗게 피는 배꽃에 주목했다. 우리나라에서 문식(文識)이 있는 사람치고 "梨花(이화)에 月白(월백)ᄒ고 銀漢(은한)이 三更(삼경)인 제 一枝春心(일지춘심)을 子規(자규) ㅣ야 아랴마는 多情(다정)도 病(병)인 냥ᄒ여 좀 못드러 ᄒ노라."라는 시조를 모르는 이는 없을 것이다. 이조년의 그 유명한 시조에 나오는 꽃이 이화(梨花), 즉 배꽃이 아니던가. 이렇듯 배꽃은 봄을 상징하는 대표적인 꽃 중의 하나였다. 한시에서 읊은 배꽃은 대개 '백설처럼 희다'라는 표현으로 일관되어 있으며, 배꽃이 있으면 으레 달밤이 따라오는 식이었다. 예컨대 "눈빛처럼 하얀 배꽃이 가장 어여쁘기에, 깨끗한 달 떠오르기만 좋이 기다리노라(最憐雪色梨花樹, 好待溶溶月上來. 최련설색이화수, 호대용용월상래.)"와 같은 경우가 그러하다.

그런데 배를 시적 소재로 쓴 한시는 생각보다 많지 않다. 그중 이규보(李奎報, 1168~1241)의 한시가 가장 이른 작품으로 기록되어 있다.

요즘 입맛이 변해 찬 음식을 좋아하여
매양 신 배를 구하려 해도 여태 못 구했는데

동산에서 따서 부쳐 준 배를 얻고 나니

시장에서 구하지 않아도 되어 기쁘구나

조각달처럼 반으로 잘라 입에 넣으니

머금자마자 얼음처럼 녹아 목에 넘어가누나

때맞춰 쇠약한 늙은이 윤택하게 하는 건 이것뿐이라

만금 주는 것보다 오히려 낫구려

近因口爽嗜寒羞, 每索酸梨尙未周.　　근인구상기한수, 매색산리상미주.

得爾摘從園上寄, 欣予免向市中求.　　득이적종원상기, 흔여면향시중구.

截成片月才離手, 含作融氷已入喉.　　절성편월재리수, 함작융빙이입후.

時潤衰翁唯此物, 猶勝直齎萬金投.　　시윤쇠옹유차물, 유승직재만금투.

「배를 준 사람에게 사례하며(謝人惠梨 사인혜리)」『동국이상국문집(東國李相國集)』

　　위와 같이 '배'라는 사물을 가지고 시적 정서를 읊은 것을 영물시(詠物詩)라고 한다. 허다한 시인들이 영물시를 창작하였지만, 이규보처럼 사물의 핵심을 정확하고도 분명하게 시화하고 번뜩이는 시정을 드러낸 경우는 드물다. 시인은 배 한 조각을 입안에 넣고 그 맛을 평가하기를 "얼음처럼 녹아 넘어간다"라고 했다. 배는 시원한 기운을 지닌 과일이다. 그러니 얼음 같다고 한 것이다. 배의 과육은 단단하지 않아 굳이 저작(詛嚼)을 하지 않아도 될 정도로 목 넘김이 수월하다. 잘게 부서진 얼음 같은 조각이 입안에서 살살 녹아 넘어간다는 의미이리라. 입맛이 없는 늙은이에게 배는 입맛을 돋워 주는 기특한 사물인 것이다.

겨울 감기에는 배, 갈증 해소에도 배

그래서 배는 만금보다 낫다고 하였다.

> 향기론 배 살지고 연한데다가 함소리라니
> 서울 시장에선 금년에 값이 절로 높다는데
> 진중한 벗님이 자주 부쳐 보내와서
> 씹어보니 혀에서 파도가 이는 걸 깨닫겠네
>
> 香梨肥軟更舍消, 京市今年價自高.　향리비연갱함소, 경시금년가자고
>
> 珍重故人頻寄送, 嚼來轉覺舌翻濤.　진중고인빈기송, 작래전각설번도.
>
> 　　　「맛 좋은 배를 부쳐 준 이 촌로에게 사례하며(謝李村老寄美梨 사이촌로기미리)」
>
> 　　　　　　　　　　　　　　　　　　『사가집(四佳集)』

　　조선 시대의 문인인 서거정(徐居正, 1420~1488)의 시이다. 앞서 소개한 이규보의 시처럼 배를 보내준 것에 대한 사례의 의미를 담고 있다. 옛적 시인들은 이렇듯 상대방의 호의를 한 편의 글로 혹은 한 편의 시를 지어 사례하였다. '고맙습니다', 혹은 '감사합니다'라는 짤막한 한 마디로 그 마음을 다했다고 생각하는 현대인들의 사유와 표현방식과 비교하면, 참으로 고아하다고 할 수 있다. 또 마음을 다해 사례하고 있음을 알 수 있으니, 때로 말보다 글이 주는 무게감과 절실함을 여기서도 확인할 수 있다.

　　위의 시 첫머리에 나오는 '함소리(舍消梨)'란, 중국 북위(北魏) 말기 때의 문인인 양현지(楊衒之)가 쓴 『낙양가람기(洛陽伽藍記)』에 나오는 것으

로, 배의 일종이다. 대곡(大谷)이란 곳에서 나는 함소리는 무게가 무려 10근이나 되며 땅에 떨어지면 전부 물이 되어 버린다고 한다. 그래서 이것이 전하여져 함소리는 달면서 물이 매우 많은 배를 가리킨다. 시인은 이렇듯 맛있는 배를 먹어보고 '혀 밑에 파도가 인다'고 하였다. '파도가 인다'는 표현 속에는 하얗게 부서지는 파도처럼 생긴 배의 시각적 이미지와 시원한 촉각적 이미지를 동시에 느끼게 하니 매우 감각적이고 생생하게 묘사하였다고 할 수 있다.

또 이런 표현도 보인다.

병든 목의 갈증을 시원하게 씻어주니
잊지 않고 보내준 깊은 정 참으로 고마우이
病喉解渴眞爲快, 多荷深情不我退. 병후해갈진위쾌, 다하심정불아하.
「서촌이 배를 보내준 것에 감사하며(奉謝西村餉梨 봉사서촌향리)」
『명재유고(明齋遺稿)』

명재 윤증(尹拯, 1629~1714)의 시구다. 시인은 배의 맛을 '갈증을 시원하게 씻어 주는'것이라고 하였다. 배는 수분이 많은 과일이다. 그러니 목의 갈증을 씻어 주는데 이보다 좋은 과일도 드물다. 그래서『본초강목』에는 배를 일러 '쾌과(快果)'라고 하였다. 쾌과라? 시원한 과일이란 뜻이니, 명명이 아주 적실하다.

겨울 감기에는 배, 갈증 해소에도 배

배는 감기와 천식 등 기관지염에도 효력이 있는 약용의 과일일 뿐 아니라 목의 갈증을 씻어 주는 음료 대용으로 먹을 수 있는 과일이다. 혹여 한겨울에 지인으로부터 배 한 상자를 선물로 받기라도 한다면 위에서 소개한 시인들처럼 사례의 한 구절을 써서 답례함은 어떨까? 때로 진부한 것처럼 보이는 아날로그식, 혹은 구시대적 표현방식이 심금을 울릴 때가 많다.

효자 가슴에 품은 **감귤**

원술이라는 어른이 여섯 살 난 사내아이에게 귤을 몇 개 주었다. 어찌 된 연유인지 그 아이는 귤을 먹지 않고 소매 속에 몰래 넣어 두었다. 하직 인사를 하고 나오려는데 공교롭게도 소매에서 귤이 굴러떨어졌다. 그것을 본 원술이 이유를 물었다. 그 아이가 부끄러워하면서 "귀한 과일이라 어머니께 드리려고 했습니다."라고 했다.

여섯 살 난 사내아이는 삼국시대 오나라의 육적(陸績)이다. 위의 고사로 인해 육적은 그 이후 '효자'의 대명사가 되었다. 그로부터 천여 년이 흐른 조선 시대에도 어머니께 드리려고 감귤을 소매에 넣은 인물이 있었으니, 바로 성희안(成希顔)이다. 임금이 술과 과일을 내려주었을 때, 성희안이 노모에게 드리려고 소매 속에 넣어 두었다. 그런데 소매 속에 든 귤이 굴러떨어지는 것도 모른 채 인사불성이 되도록 술을 마셨다. 그리고 나서 이튿날 임금이 다시 성희안을 위해 감귤 한 광주리를 보냈다. 노모를 위해 감귤을 소매에 넣은 사실을 임금도 알았던 것이다. 임금의 은혜에 감격한 성희안은 그날로 임금을 위해 죽도록 충성을 다하리라 결심했다 한다.

감귤은 이처럼 조선 시대만 해도 귀한 과일이었다. 매해 동지 때에 제주에서 진상한 감귤이 조공으로 바쳐지면 임금은 노모가 있는 대신에게 특별히 하사하고, 또 이를 축하하기 위해 성균관 유생에게 과거를 보이고 감귤을 전달했다. 이때 치른 과거를 이름하여 '감제(柑製)' 또는 '황감제(黃柑製)'라고 한다.

감귤은 그 종류가 한둘이 아니다. '금귤(金橘)'·'산귤(山橘)'·'동정귤(洞庭橘)'·'왜귤(倭橘)'·'청귤(靑橘)'·'소귤(蘇橘)'·'황귤(黃橘)'·'밀귤(蜜橘)'·'홍귤(紅橘)' 등이 있다고 기록되어 있다. 이 중에 동정산에서 생산되는 감귤은 특히 껍질이 얇고 맛이 좋아 상품이었다고 한다. 소귤(蘇橘)이라함은 소주산(蘇州産) 귤이 가장 맛이 좋다 하여 붙여진 이름이다.

중국의 기록에 의하면 이미 사천 년 전에 강소, 안휘, 강서, 호남 등에서 생산된 감귤을 조공으로 바쳤다고 하니 그 역사가 오래되었음을 알 수 있다. 우리나라에 감귤이 언제 들어오기 시작하였는지는 확실하지 않으나 대체로 삼국시대쯤으로 잡고 있다. 또 1052년에 탐라에서 감귤을 세공으로 바쳤다든가, 1085년 대마도에서 감귤을 진상했다는 기록이 고려사에 전하고 있다. 고려 시대 이규보(李奎報, 1168~1241)의 시에 감귤을 소재로 한 것이 보인다.

> 만져보면 튀는 공 같기도 한데
> 귀한 까닭은 모두 멀리서 가져오기 어렵기 때문이지.
> 겨우 몇 개 그대에게 보내는 게 부끄럽긴 하지만
> 입안의 침 마를 적에 들어 보시게나.
> 弄來唯是一跳丸, 品貴都緣遠到難. 농래유시일도환, 품귀도연원도난.
> 數箇餉君雖可愧, 玉池津液有時乾. 수개향군수가괴, 옥지진액유시건.
>
> 「누런 감귤을 이 학사 백전에게 보내면서(以黃柑寄李學士 이황감기이학사)」
> 『동국이상국집(東國李相國文集)』

부끄럽게도 시인은 감귤을 몇 개밖에 보내지 못한 모양이다. 그래도 맛이나마 보라고 지인에게 보냈다. 멀리 제주산 감귤이 내륙에 도착할 때쯤이면 절반이 상해 있어 제대로 된 것이 그리 많지 않았다. 감귤이 귀하던 시절이니 받는 이도 그 정황과 마음을 이해할 터. 마지막 구에 감귤 맛이 녹아 있다. 나이가 들수록 입안이 바짝바짝 타면서 침이 마를 때가 있다. 그럴 때 새콤한 감귤 한 조각을 입에 넣으면 타는 입안에 금새 침이 가득 고일 것이다.

조선 시대 서거정(徐居正, 1420~1488)도 감귤 시를 남겼다.

진중한 노란 감귤 소반에 가득한데

살펴보니 하나하나 황금 탄환이 구르는구려.

십 년 동안 사마상여의 소갈증 앓던 차에

살살 씹으니 놀랍게도 혀에 파도가 이는구려.

珍重黃柑滿一盤, 看來一一走金丸.　진중황감만일반, 간래일일주금환.

十年長抱相如渴, 細嚼渾驚舌欲瀾.　십년장포상여갈, 세작혼경설욕란.

사람들이 탐라를 명승지라 하는데

자네 천 그루의 목노가 있음을 알겠네.

해마다 따서 별미를 내게 나눠 주니

석청보다 달고 연유보다도 보드랍구려.

耽羅人說是名區, 知子千頭有木奴.　탐라인설시명구, 지자천두유목노.

摘得年年分異味, 甛於崖蜜滑於酥.　적득년년분이미, 첨어애밀활어소.

「고중추가 감귤을 보내준 데 대하여 사례하다(謝高中樞送柑 사고중추송감)」

『사가집(四佳集)』

　첫 번째 시를 보자. 노란빛에, 탄환처럼 둥근 모양에, 혀에 파도가
이는 맛이라고 감귤을 묘사하였다. 익히 알려져 있듯이 사마상여는 소
갈증을 앓았다. 소갈증은 입이 바짝바짝 마르는 증상이니 오늘날 당뇨
병에 해당한다. 오래 소갈증을 앓은 시인이 감귤을 맛보고 얼마나 놀
라웠는지 '혀에 파도가 인다'고 하였다. 감각적이고 시각적인 표현이

자못 생동감이 있다. 두 번째 시를 보자. 예나 지금이나 제주도는 감귤로 유명한 고장이다. 서거정의 "탐라의 풍경은 내가 말할 수 있으니, 가을에는 가가호호 울타리마다 감귤이라네.(耽羅風景吾能說, 離落家家橘柚秋. 탐라풍경오능설, 이락가가귤유추.)"라고 한 구절에서도 볼 수 있듯, 집집마다 감귤나무가 지천인 곳이다. 마지막 구의 '목노'가 무엇인가? 감귤의 이칭이다. 여기에는 다음과 같은 고사가 전해지고 있다. 삼국시대 오나라의 단양 태수로 있던 이형이란 자가 임종 시에 자식에게 이렇게 말했다. "네 어미가 재산을 불리는 것을 반대하여 이렇게 우리 집이 곤궁하게 되었다. 그렇지만 내가 네 어미 몰래 강가에 목노(木奴) 1,000명을 마련해 두었다. 그것은 네가 의식을 제공하지 않아도 된다." 목노, 즉 나무하인이란 바로 감귤나무를 말한다. 이로 인해 감귤을 '노귤(奴橘)'이라고도 한다. 감귤나무 천 그루의 가치를 오늘날의 돈으로 환산할 수 없지만 결코 작지 않음을 짐작할 수 있다. 여기서 감귤 맛은 석청보다 달고 연유보다 부드럽다고 했다.

감귤을 노래한 시에는, 김종직(金宗直)의 "다정도 해라 이것은 품속의 물건이니, 노인 받드는 어진 마음이 나를 깨우쳐주네.(殷勤是篋懷中物, 老老仁心正起予. 은근시개회중물, 노로인심정기여)"에서나, 윤병석(尹炳奭)의 "육공이 귤 품던 날을 거슬러 생각하니, 차마 입에 못 대고 눈물만 철철(追想陸公懷橘日, 不能加口淚如傾. 추상육공회귤일, 불능가구루여경.)"이라고 한데서 알 수 있듯이, 육적의 효성을 시의 소재로 쓴 것이 많다. 그만큼 감귤에 얽힌 육적의 고사가 후대에 많은 영향을 미친 것이다.

한편, 초나라 굴원이 강남으로 쫓겨갔을 때 결백한 자신의 뜻을 귤 나무에 빗대어서 읊은 「귤송(橘頌)」으로 인해서, 귤나무는 고결한 지절 을 상징하기도 한다. 「귤송(橘頌)」에 "천지에 좋은 나무가 이 땅에 왔으 니, 천성이 옮겨 가지 않고 남국에서 자라도다. 뿌리가 단단하여 옮겨 가지 않고 뜻을 전일하게 지키니, 푸른 잎 흰 꽃이 무성해 좋아할 만하 구나.(后皇嘉樹橘徠服兮, 受命不遷生南國兮. 深固難徙更壹志兮, 綠葉素榮紛其可喜兮. 후 황가수귤래복혜, 수명불천생남국혜. 심고난사갱일지혜, 녹엽소영분기가희혜.)"라고 한 구절이 있다. 대개의 나무가 그렇듯이 귤나무도 땅을 달리해 옮겨가는 것을 좋아하지 않는다. 땅을 달리하면 그 기질이 변한다고 한다. 그래 서 '회수를 건너면 탱자나무가 되고 강을 건너면 등자나무가 된다' 하 였다. 위에서 언급한 '푸른 잎 흰 꽃'은 청렴하고 결백한 굴원의 마음 을 비유한 것이다. 일찍이 조선의 추사 김정희는 제주도에서 귀양살이 할 때 자신의 집을 〈귤중옥(橘中屋)〉이라 명명하고는 "매화, 대나무, 연 꽃, 국화는 어디에나 있지만 귤은 오직 내 고을의 전유물이다. 겉 빛은 깨끗하고 속은 희며 문채는 푸르고 누르며, 우뚝이 선 지조와 꽃답고 향기로운 덕은 다른 사물과 비교할 수가 없다. 그러므로 나는 그것으 로써 내 집의 액호를 삼는다."라 하였다. 귤중옥이라! 추사가 귤나무가 지닌 덕성을 얼마나 사랑하였는지 이름만으로도 알 것 같다.

그러나 그 옛날 육적이 어머니께 드리려고 가슴에 품었던 감귤, 고결한 지절의 상징이었던 감귤은 이제 더 이상 귀한 과일이 되지 못하고 있다. 흔하디흔한 과일이 되었다. 또 감귤을 가슴에 품었던 효자도 더 이상 보기 어려운 세상이 되어 버렸다. 청백한 지절을 추구하고자 하는 선비도 만나기 어렵게 되었다. 감귤 맛은 그대로인데 시대가 변한 것인가, 사람의 성정이 변한 것인가.

겨울 효자 가슴에 품은 감귤

일곱 가지 미덕을 지닌 감

반시, 곶감, 건시, 홍시, 연감, 연시, 삽시, 떫은 감, 땡감, 청시, 풋감, 물감, 침시, 단감

이것의 공통점은 무엇일까? 모두 감을 부르는 이름이다. 납작하게 생긴 것은 '반시'라 하고 물렁하게 잘 익은 것은 '홍시' 및 '연시'라 하고, 꾸덕꾸덕 건조시킨 것은 '건시' 및 '곶감'이라 하였다. 또 좀 일찍 나온 것은 '청시' 및 '풋감'이라 하였고, 그 맛이 덜 익어 떫은맛이 나는 것은 '삽시' 및 '땡감'이라 하였다. 먹었을 때 물이 많으면 '물감'이요, 삭힌 감은 '침시'요, 떫은맛이 없이 단맛이 나는 것은 '단감'이라 하였다. 감은 감이로되, 모양에 따라 성숙에 따라 맛에 따라 이렇듯 이름이

다양했다. 이것은 감이 우리의 식생활과 그만큼 밀접하다는 것을 보여주는 증거이다.

감은 한국과 중국 그리고 일본에서만 나는 동아시아 특수 과일이다. 감은 한자로 시(柿)라 한다. 한자 시(柿)는 시(柿)의 속자이다. 혹 음이 같은 감(柑)으로 오인할 수 있으나, 감(柑)은 감귤의 종류를 지칭하는 한자이다. 중국에서는 '주과(朱果)' 혹은 '후조(猴棗)'라는 이칭이 있다. 감은 영양이 풍부하여 사과와 비교되기도 한다. 서양 속담에 "하루에 사과 한 알을 먹으면 의사를 가까이할 일이 없다."라는 말이 있다지만, 감은 심장병을 예방하고 혈관을 강화하는데 사과보다 훨씬 효과가 크기 때문에 심장을 건강하게 하는 과일 중의 으뜸이라고 하였다. 그래서 중국에서는 "매일 사과 하나를 먹는 것보다 매일 감 하나를 먹는 것이 낫다"라는 말이 있기도 하다. 한의에서는, 감은 폐와 위를 건강하게 하고, 허약한 기를 보충해 줄 수 있으며, 숙취 해소에 도움이되고, 열을 제거하고, 지혈에 도움이 되는 과일이라고 한다. 감에 이렇듯 다양한 효능이 있기 때문에 매일 하나씩 먹는다면 정말 병원에 갈일이 없지 않을까 싶다.

우리의 옛 문헌에도 감에 관한 많은 자료가 남아 있다. 그중에 몇편의 시를 소개해 본다.

전에는 꾸러미에 싼 홍장을 마시고
지금은 꼬챙이에 꿴 유옥을 먹게 되니

늙은 치아에 무른 홍시가 맞고

병든 입에는 마른 곶감도 더욱 좋다오

칠절을 겸했으니 이름이 두루 알려졌고

세 번씩이나 보내 주었으니 고맙기 그지없구려

참으로 우습게도, 다 먹고 남은 꼬챙이를

손에 들고 남은 찌꺼기까지 씹고 있다오

解苞昔作紅漿吸, 盈貫今將黝玉呑.　해포석작홍장흡, 영관금장유옥탄.

老齒不關含濕冷, 病脣尤快咀乾溫.　노치불관함습랭, 병순우쾌저건온.

物兼七絶名偏重, 恩及三投感可言.　물겸칠절명편중, 은급삼투감가언.

堪笑啖終唯串在, 手持猶自齕餘痕.　감소담종유찬재, 수지유자흘여흔.

「하낭중이 보내온 곶감에 감사하며(謝河郎中惠送乾柿子 사하낭중혜송건시자)」

『동국이상국집(東國李相國文集)』

　　고려 시대 이규보(李奎報, 1168~1241)의 작품이다. 하낭중이라는 사람이 앞서 두 번이나 홍시를 보내고 이번에는 곶감을 보내주었음을 시를 통해 알 수 있다. 1, 2구의 홍장(紅漿)은 홍시를, 유옥(黝玉)은 곶감을 지칭한다. 연치가 높은 시인이 먹기에는 물렁물렁한 홍시가 입에 맞지만, 또 병든 몸에는 곶감이 좋다고 하였다. 홍시는 먹기 좋고 곶감은 몸에 좋다는 것이니 모두 좋다는 뜻이 아니겠는가. 5구의 '칠절(七絶)'이란 어휘를 주목할 필요가 있다. 칠절이 무엇인가? 감나무가 지닌 일곱 가지 덕을 일컫는 말이다. 첫째는 장수[多壽 다수]요, 둘째는 감나무

그늘이 많음[多陰 다음]이요, 셋째는 새가 둥지를 틀지 않음[無鳥巢 무조소]
이요, 넷째는 나무에 벌레가 없음[無蟲 무충]이요, 다섯째는 서리 맞은
감잎이 완상할 만하다는[霜葉可玩 상엽가완] 것이요, 여섯째는 열매가 아
름답다는[佳實 가실] 것이요, 마지막 일곱째는 감잎이 크고 두껍다[落葉肥
大 낙엽비대]는 것이다. 위의 글은 송나라의 나원(羅愿)이 지은 『이아익(爾
雅翼)』에 나온다.

　감나무는 그 수령이 100년이 되는 것도 있으니 족히 장수하는 나무
라 할 수 있다. 그러니 한 번 심어놓으면 여러 대에 걸쳐 감나무가 주
는 이로움을 누릴 수 있다. 봄날 앙상한 가지 끝에 돋아나오기 시작한
여린 연두빛의 감잎은 다인(茶人)들이 사랑하였으며, 여름이 되어 무성
해진 감나무 잎은 한여름의 더위를 식히기에 족할 정도의 그늘을 제
공한다. 감나무 밑 평상에서 차를 마시는 일도 즐길 만한 흥취 중의 하
나이다. 새가 둥지를 틀지 않는 나무가 없건마는 유독 감나무에 둥지
를 틀지 않는다 하였으니 나무의 신성함 때문이 아닐까 싶다. 감나무
에 벌레가 없다 함은 단단한 육질을 자랑할 만한 것이다. 그 단단한 육
질이 주방의 도마로 변신하거나 또 다른 가구로 활용되기도 한다. 감
나무의 초록 잎은 가을이 되면 붉은 단풍으로 물든다. 붉게 물든 감
잎은 화려한 봄꽃이 주는 아름다움보다 훨씬 고즈넉하고 깊다. 그러
니 완상할밖에. 그리고 감나무의 열매인 감은 더할 나위 없이 아름다
운 과실이다. 감나무는 그 잎이 크고 두꺼워서 종이 대용으로 쓸 수 있
다. '정건삼절(鄭虔三絶)'이라 일컬어졌던 당나라의 정건(鄭虔)은 글씨를

연습할 종이가 없었을 때 감잎에 글씨를 썼다고 한다. 감나무가 지닌 덕이 어찌 일곱 가지뿐이겠는가. 감나무의 덕을 새겨 볼수록 기특하다. 다시 이규보의 한시로 돌아가 보자. 7, 8구의 표현이 솔직하고 재미있다. 곶감이 얼마나 맛있으면 곶감을 꿴 꼬챙이까지 씹고 있을까. 곶감의 맛과 상대방에 대한 사례의 뜻을 이 한 구절에 농축하였다.

　　어젯밤 동쪽 이웃에서 취하고
　　아침에 일어나 창문을 활짝 열었네
　　술이 덜 깨어 빨리 물 길어오라 하노니
　　갈증 나서 강물이라도 삼키고 싶어라
　　선과 담긴 새 광주리를 기울여서
　　홍시를 먹으니 뱃속이 시원하여라
　　정녕 고마운 벗님이여
　　찾아와준 것보다 더욱 기쁘구려
　　昨夜東隣醉, 朝來起拓窓.　작야동인취, 조래기척창.
　　餘酣催汲井, 渴夢欲呑江.　여감최급정, 갈몽욕탄강.
　　仙果新傾筐, 瓊漿爽滿腔.　선과신경비, 경장상만강.
　　丁寧故人惠, 不啻足音跫.　정녕고인혜, 불시족음공.
　　　　　　「석양공자가 때 이른 홍시를 보내왔기에 편지 끝에 적어서 사례하다.

　　　　　　(石陽公子送早紅書簡尾謝之 석양공자송조홍서간미사지)」

　　　　　　『월사집(月沙集)』

조선 시대 이정구(李廷龜, 1564~1635)의 시다. 그의 문장은 장유(張維)·이식(李植)·신흠(申欽)과 더불어 이른바 '한문사대가'로 일컬어졌을 만큼 뛰어났다. 시인은 어젯밤 통음을 하였다. 아침에 일어나도 작취미성(昨醉未醒)인지라 갈증이 심하여 강물이라도 마구 삼키고 싶다. 그렇게 괴롭던 차에 갓 들여온 홍시 하나를 먹었다. 신통하게도, 그제야 뱃속이 시원하고 편안하게 되었다. 그러니까 위의 시에 등장하는 홍시는 다름 아닌 숙취 해소 음료에 해당한다. 홍시가 주는 시원한 맛도 맛이려니와 감에 해독 작용이 있으니 틀림없이 몸에 이로울 것이다. 그러고 보니 술 권하는 한국 사회에서 현대인들이 꼭 챙겨야 할 과실 중의 하나가 감이 아닐까 싶다. 반시도 좋고, 홍시도 좋고, 곶감도 좋으니, 입맛에 맞는 것으로 상비함도 나쁘지 않겠다.

한국에서 곶감은 단연 상주 곶감을 상품(上品)으로 친다. 그런데 필자에게는 상주 곶감보다 보은 서당에서 훈장님 몰래 먹은 곶감 맛이 세상에서 가장 맛있는 것으로 각인되어 있다. 세상의 모든 맛이란 저마다의 경험과 추억으로 버무려져 새로 탄생하는 법이다. 그리고 그것이 고착화 되어 좀처럼 변하지 않는다. 그래서 세월이 흐를수록 그 맛의 여운을 찾아 과거로의 회상을 거듭하는 것인지 모른다. 훈장님은 회초리를 들고서 학동들에게 "이놈들, 곶감이 먹고 싶어도 하루에 딱 하나씩만 먹어라. 내가 감의 숫자를 세어 놓았으니 알아서 하여라."라고 준엄하게 말씀하셨지만, 기가 막히게 맛있는 곶감 앞에 훈장님의 말씀을 곧이곧대로 따르기란 쉽지 않았다. 그래서 늘 곶감은 훈장님의 셈보다 일찍 동이 나곤 했다. 나는 종종 이렇게 말한다. 상주 곶감보다 특등의 곶감은 훈장님 몰래 먹는 서당 곶감이라고.

한겨울의 별미 **고욤**

　　앞마당에 주먹만 한 주홍색의 감이 주렁주렁 실하게 열리면 시샘이라도 하듯 뒷마당의 고욤나무에도 가지가 부러질 정도로 옹골차게, 오지게 고욤이 달린다. 감은 서리가 내릴 즈음 수확하지만, 고욤은 몇 차례의 서리와 추위를 더 맞은 채 나무를 지키고 있다가 갈색의 열매가 새까만 색으로 변하면 그제야 수확한다. 감이 부잣집 외동아들처럼 기품있고 훤칠하게 생겼다면, 고욤은 찢어지게 가난한 집안의 막둥이처럼 비실비실 비루한 모양새다. 감은 수확과 동시에 바로 먹을 수 있지만, 고욤은 떫은맛이 있어서 오지항아리에 차곡차곡 넣어 저장하였다가 한겨울에 먹으면 더 일품이다. 항아리 속 고욤은 저절로 발효가 되면서 달기가 설탕 저리 가라로 변한다. 귤이 회수를 건너면 탱자가 된다는 말이 있듯, 고욤이 항아리 속에 들어갔다 나오면 세상에 없는 맛으로 변한다. 입이 짧아 며느리 시집살이 어지간히 시킨 할아버지도 마다하지 않는 한겨울 별미가 바로 고욤이다.

고욤은 우리말이고 한자어는 '영(樗)'이다. 사전에 '고욤나무 영'이라고 되어 있다. 고욤을 지칭하는 한자어가 제법 여럿 있다. 감보다 작은 열매라고 하여 '소시(小柿)', 대추와 비슷한데 열매가 익으면 검은색을 띤다고 하여 '흑조(黑棗)', 그 맛이 부드럽다고 하여 '연조(輭棗)', '양시조(羊矢棗)'라고 불렀다. 또 '군천자(君遷子-『해동농서(海東農書)』에는 '群千子 고욤'이라 되어 있다.)', '우내시(牛奶柿·牛嬭柿)', '정향시(丁香柿)'라고도 했다.

고욤이 기록된 가장 이른 문헌은 『맹자』이다. "증석이 양조(羊棗)를 좋아했는데, 아버지가 죽자 증자가 차마 양조를 먹지 못하였다."라고 한 것이 그것이다. 증석이 좋아하였던 양조가 바로 '고욤'이다. 증자가 그 고욤을 볼 때마다 아버지가 생각나서 차마 먹지 못하였다는 뜻이다. 송나라의 나원(羅願, 1136~1184)이 엮은 『이아익(爾雅翼)』에 의하면, "늦가을에 열매가 맺는데 붉은색이며 이를 말리면 검붉은색으로 포도와 같으니, 지금은 정향자(丁香柿)라고 하고 우유자(牛乳柿)라고 이름하기도 한다."하였다.

우리나라에서는 고욤나무가 언제 어디서 자라기 시작하였는지 정확하게 알 수 없으나, 혹자는 자생종일 것이라고 추정 한다. 1554년에 편찬된 『구황촬요(救荒撮要)』에 "고욤을 쪄서 씨를 제거하고, 대추도 씨를 제거하여 함께 찧어서 먹으면 양식을 대용할 수 있다."라고 하여,

고욤을 구황식물로 소개하고 있다. 또 1613년에 간행된 『동의보감』에는 "우내시라 하는데 감과 비슷하나 아주 작다. 성질이 몹시 차기 때문에 많이 먹으면 안 된다. 고욤의 꼭지는 딸꾹질을 멎게 한다."라고 기록하였으니, 약재로도 활용되었음을 알 수 있다. 1614년 이수광(李睟光)이 편찬한 백과사전인 『지봉유설(芝峯類說)』에는 고욤에 관한 정보가 자세하게 실려 있다.

사마상여의 「자허부(子虛賦)」에 "노나무 배나무 고욤나무 감나무"라고 하고 그 주(註)에 '영(樗)'은 '영조(樗棗)'라 하였다. 「상림부(上林賦)」에 "영조(樗棗), 양매(楊梅)"라 하였는데 그 주에 "영조(樗棗)는 감과 비슷하다."라 하였다. 『훈몽자회(訓蒙字會)』를 살펴보면 '영(樗)'은 과실 이름이니 곧 지금의 양시조(羊矢棗)이다. 『본초몽전(本草蒙筌)』에 "양시조는 과실이 작고 둥글다."고 하였다. 『양승엄집(楊升庵集)』에는 "'영조'는 속자로 '연조'라고 쓴다. 일명 '정향조(丁香柿)'라고 하는 것이 이른바 '영(樗)'이다."

고욤나무가 기록된 중국의 문헌을 다섯 편 소개하고 관련 어휘를 정리하였으니, 그의 방대한 지식과 천착에 절로 고개가 숙여진다.
이제 고욤을 소재로 한 한시를 소개해 보기로 한다.

모과는 동글동글 석화는 차갑고
고욤은 소반에 그득그득

어르신의 진중한 뜻 참으로 감사하여

바다 마을 풍미로 함께 먹던 때 떠오르네.

木瓜團團石花寒, 小柿盈盈共一盤.　목과단단석화한, 소시영영공일반.

多荷丈人珍重意, 海鄉風味憶同餐.　다하장인진중의, 해향풍미억동찬.

「굴, 모과, 고욤을 보내준 어르신께 사례하며

(謝柳丈惠石花木瓜小柿 사유장혜석화목과소시)」

『무하당유고(無何堂遺稿)』

　　무하당 홍주원(洪柱元, 1606~1672)의 시이다. 그는 선조의 딸 정명공주에게 장가들어 영안위에 봉해졌던 인물로 여러 차례 청나라에 사신으로 갔다 온 전력이 있다. 위의 시는 굴과 모과, 고욤 등을 보내준 인물에게 감사하다는 뜻을 전하고 있다. '고욤이 소반에 그득하다'는 것 외에 특별한 서술이 없지만, 당시 고욤을 서로 주고받으며 정의를 표하였음을 알 수 있다.

　　매월당 김시습(金時習, 1435~1493)의 시에도 고욤이 보인다. "뜨락 잔디에 새가 내려앉고 스님은 선정에 들고, 원숭이 깃든 동산 숲에 고욤이 한창 무르익었구나.(鳥下庭莎僧入定, 狙垂園樹樗方甘. 조하정사승입정, 저수원수영방감.)", "고욤은 서리 내린 뒤에 딸만 하고, 아가위나 배는 우중에 맛보는 것이 더욱 좋아라.(羊矢可堪霜後摘, 樝梨宜好雨中嘗. 양시가감상후적, 사리의호우중상.)"라 했다. 석천 임억령(林億齡, 1496~1568)은 "사람마다 좋아하는 것이 있으니 그 참맛을 누가 알랴! 문왕은 포도를 좋아하였고, 증석은 고욤을 좋아하였지만, 나는 이들과 달리 평생 감을 몹시 좋아하였네.(人各有所嗜, 孰知其正味. 文王嗜蒲菹, 曾晳嗜羊矢. 我則異於斯, 平生酷好柿. 인각유소기, 숙지기정미. 문왕기포저, 증석기양시. 아즉이어사, 평생혹호시.)"라고 하였다. 포도를 좋아한 문왕, 고욤을 좋아한 증석과는 달리 시인은 감을 좋아한다고 하였다.

조선 후기의 김려(金鑢, 1766~1822)는 소소한 일상의 사물에 박물학적인 관심과 천착을 보였다. 그 결과물이 『만선와승고(萬蟬窩螣藁)』라는 작품집이다. 거기에는 30종의 과실, 19종의 채소, 10종의 화훼, 42종의 기물 등 날마다 먹고 보는 일상의 소재를 대상으로 하여 한시를 창작하였다. 그중에 고욤에 관한 시가 있어 인용해 본다.

(전략)

고욤은 감에서 나왔으니 / 본래 조상이 같은데

씨족이 변하여 유파가 생기면서 / 성품도 풍토 따라 달라졌지.

잘못을 답습하는 것 / 촛대 잡은 장님과 어찌 다르랴

먹감이라 하면 오히려 괜찮으나 / 대추라함은 어디에 근거한 것인가.

누런 젖이 정향을 적시니 / 그 모습은 융성한 옛날을 방불하네.

10월 된서리 내리고 나면 / 온 동산과 언덕에 주렁주렁.

다른 과실이 또 거의 다 없어지려는데 / 맑고 달콤함은 짝할 것이 없어라.

원숭이와 족제비 단단히 막아서 / 저들이 배를 채우지 못하게 하라.

君遷出鴻柿, 本來同父祖. 氏族變流派, 性氣殊風土.

군천출홍시, 본래동부조. 씨족변유파, 성기수풍토.

承訛襲謬者, 奚異捫燭聾. 謂稗猶或可, 曰棄何所主.

승와습류자, 해이문촉고, 위패유혹가, 왈조하소주.

黃嬭泊丁香, 形稱迺隆古. 十月嚴霜後, 纍纍滿園塢.

황내계정향, 형칭내융고, 시월엄상후, 류류만원오.

衆菓亦垂罄, 清甜莫與伍. 狙鼬須密防, 毋俾充饞肚.

중과역수경, 청첨막여오, 저유수밀방, 무비충참두.

「고욤(君遷 군천)」『만선와승고(萬蟬窩賸藁)』

　　위의 시 아래에는 "고욤은 소시(小柿). 일명 이조(椵棗). 또는 우내시(牛奶柿), 정향시(丁香柿)라 한다."라는 세주가 첨부되어 있는데, 위의 시를 잘 이해하려면 고욤의 별칭을 염두에 두고 읽는 것이 좋다. 고욤을 소시(小柿)라고 부른 것으로 보아 본래 같은 조상이었는데 후대에 분파되면서 모양도 성질도 달라졌다고 말하는가 하면, 별칭에 '대추[棗]'가 왜 들어가는지 알 수 없다고 했다. 그러면서 뭇 과일이 서리 맞아 다 떨어지고 없어지려는 때에 고욤만이 남아 있고 그 달콤한 맛은 어느 것과도 견줄 수 없노라고 칭찬했다.

　　고욤은 맛도 맛이지만 그 꽃도 한 번쯤 감상해 볼 만하다. 노오란 감꽃에 비하면 몇 배 작은 크기이고, 꽃봉오리의 밑동은 하얗고 벌어진 봉우리는 옅은 분홍빛을 띠고 있다. 활짝 핀 꽃봉오리는 마치 어린 아기가 분홍 젖꼭지를 물고 있는 듯 귀엽다. 이토록 앙증맞은 꽃이 지고 난 자리에 고욤이 달리는 것도, 그 고욤 속에 씨가 빼곡하게 들어있는 것도, 그토록 떫은 맛을 내는 열매가 항아리 속에서 발효되면 달디 달게 변하는 것도, 신기한 일이다.

색, 향, 맛이 아름다운 **유자**

어여쁜 나무가 있어, 감귤과 이름을 나란히 하네. 두터운 땅속에 뿌리내리고, 흙과 더불어 바탕 이루네. 정색 가운데 누런빛이 가지 끝에다 열매를 맺어 신맛도 나고 단맛도 나서 맑고 시원하기가 적당하도다. 남쪽에서 공물로 유자 바치니 천 리 밖 해촌(海村)에서 자란 것이네. 책상 위에다 가만히 두니, 바람 맞아 향기가 풍겨 나오네. 소중히 여기고 사랑하여서, 조심히 간직해 잃지 않으리.

고니의 알인 듯 품에 품으니 용의 구슬처럼 밝고 맑도다.

유자여 유자여! 진기한 나무에 아름다운 열매로다.

有嬭者樹, 名配柑橘. 根託厚地, 與土成質. 正色中黃, 達諸梢末.

유미자수, 명배감귤. 근탁후지, 여토성질. 정색중황, 달제초말.

作酸作甘, 儷合清冽. 厥苞自南, 千里海檻. 留之几案, 逆風香發.

작산작감, 여합청렬. 궐포자남, 천리해함. 유지궤안, 역풍향발.

旣珍旣愛, 愼護莫失. 鵠卵若抱, 龍珠瑩澈. 柚乎柚乎, 奇樹嘉實.

기진기애, 신호막실. 곡란약포, 용주형철. 유호유호, 기수가실.

「유자송(柚頌 유송)」『성호전집(星湖全集)』

　　조선 후기 실학자인 성호 이익(李瀷, 1681~1763)의 작품이다. 송(頌)이
란 한문 문체의 하나로 어떠한 것의 훌륭한 덕을 노래하여 꾸미는 시
를 말한다. 요즘의 현대식 표현대로라면, 유자를 홍보하기 위한 로고
송(logo song)에 해당한다. 위의 유자송에 유자에 관한 다양한 정보가 들
어있으니, 나열하면 이렇다. "귤과 유자, 하는 식으로 나란히 병칭된
다. 빛깔이 누렇다. 신맛과 단맛이 나며 시원하다. 남쪽 지방에서 자란
다. 향기가 좋다." 더하거나 빼거나 할 것 없이 유자를 제대로 표현하
였다고 할 수 있다.

　　유자는 한자로 유자(柚子)라고 한다. 귤과 유자는 늘 병칭되는데,『서
경(書經)』의 주석을 참고하면, "큰 것을 유자라 하고 작은 것을 귤이라
한다." 하였다. 아마 그때만 해도 둘 사이의 구별이 명확하지 않았던
것으로 보인다. 우리나라에서는 신라 시대 때 당나라에서 들여온 이래
로 재배하기 시작하였으며, 조선 시대 세종실록에 전라도, 경상도 등
남부 지방에서 재배하였다는 기록이 남아 있다. 유자는 색과 향과 맛
이 좋을 뿐만 아니라 우리 몸에 이로운 점을 두루 가지고 있다. 유자에

는 탄수화물, 비타민, 카로틴 등의 주요 영양소가 들어있는데, 특히 비타민이 풍부하여 피부 미용에 좋다. 또 소화를 돕고, 주독을 없애주며, 위 속의 나쁜 기운을 없애주는 약용적 측면도 있어 일찍부터 주목받아온 과일이다.

그런데 유자를 시적 소재로 한 문학작품은 많지 않다. 다만 약천 남구만(南九萬, 1629~1711)이 무려 20수의 연작시를 남기고 있어 한국한시에서 유자에 관한 한 독보적인 시인이라고 할 수 있다. 남구만은 요직을 두루 걸치고 영의정에까지 오른 관료였으나 당쟁이 치열하였던 시기였기에 환로가 순탄하지만은 않았다. 그리하여 1679년 2월 남인의 영수인 윤휴(尹鑴)와 허견(許堅)을 탄핵하다가 거제도로 유배되었다가 다시 4월에 남해로 이배되었다. 유자에 관한 연작시는 남해에서 쓰인 것이다. 유배지의 가을밤은 깊어만 가고, 늙어서 잠은 줄어들고, 기력이 허약한 데다가 눈까지 침침해서 글을 읽을 수 없고, 말벗이 없어 외로운 처지였다. 그리하여 그는 적적한 마음을 달래기 위해 유자시를 썼다. 그의 시를 소개해 본다.

> 촌사람이 갖다 주며 문에 들어오길 주저하니
> 백 개를 상자에 가득히 대나무 껍질로 쌌구나
> 여름 가을 겨울을 지나야 비로소 익을 수 있고
> 향과 색과 맛을 겸하여 좋은 살을 이루었네
> 감귤이 천호에 봉해진 것과 같고

포도가 이사를 병들게 한 것과는 같지 않다오
나의 노친 멀리 계심을 알아줌이 참으로 고마우니
어루만지며 오랫동안 특별히 감사하노라

野人攜贈入門遲, 百顆盈箱裏竹皮.　야인휴증입문지, 백과영상과죽피.

經夏秋冬方得熟, 兼香色味好成肌.　경하추동방득숙, 겸향색미호성기.

正同甘橘封千戶, 不似葡萄病貳師.　정동감귤봉천호, 불사포도병이사.

深荷知吾親在遠, 撫摩披謝獨多時.　심하지오친재원, 무마피사독다시.

「유자를 읊은 시(詠柚詩 영유시)」『약천집(藥泉集)』

　　유자를 수확하였는지 이웃집 노인이 유자를 대나무 껍질로 싸서 시인에게 주려고 상자에 담아왔다. 향과 색과 맛이 있으며 과육이 살졌다고 하니, 유자가 실한 모양이었다. 유자를 받은 시인은 문득 고향에 계신 노친을 생각한다. 그리고 노친이 있음을 알고 보내준 노인에게 특별히 감사한 마음이 들었다. 마지막 두 구절에는 어머니에게 드리려고 귤을 가슴에 품은 육적의 고사를 떠올리게 한다.
　　남구만의 연작시에는 유자나무에 관한 글도 있다. 유자나무는 나무로서 칭찬할 만한 것이 많이 있음에도 불구하고 사람들이 열매만 이야기하고 나무에 관해서는 말하지 않는다면서 다음과 같이 기술하였다.

　　유자나무 울창하게 숲을 이루어 늦도록 푸르르니
　　푸른 구름은 잎이 되고 벽동은 껍질이 되었네.

겨울 색, 향, 맛이 아름다운 유자

가시가 많아 벌레와 새들 오지 못하고

오래 살아 뼈와 살 단련되었으리라.

담박한 꽃은 문(文)이 적은 재상과 같고

곧은 가지는 절개 높은 스승에 견줄 수 있네.

더욱 사랑스러운 것은 대나무와 서로 이웃하여

일체로 사시사철 푸르른 것이라오.

鬱鬱成林晩色遲, 綠雲爲葉碧銅皮.　울울성림만색지, 녹운위엽벽동피.

刺多不許來蟲鳥, 壽久還應練骨肌.　자다불허래충조, 수구환응련골기.

淡素花如文少相, 堅貞枝比節高師.　담소화여문소상, 견정지비절고사.

更憐孤竹相隣近, 一體靑靑貫四時.　갱련고죽상인근, 일체청청관사시.

「유자를 읊은 시(詠柚詩 영유시)」『약천집(藥泉集)』

　　시인은 유자나무의 장점을 사시사철 푸른 대나무에 견주고 있다.
대나무는 예로부터 사군자라 하여 지조를 변치 않는 올곧은 선비로
상징되었다. 유자나무 역시 대나무와 같은 속성을 지니고 있으니 그
절개를 칭찬할 만하다는 것이다. 유자나무는 줄기에 가시가 많아 벌레
와 새가 오지 않으며 오래 사는 나무라 하였다. 벌레와 새가 오지 않는
다 함은 나무의 재질이 단단하다는 뜻이다. 단단한 이 나무는 추위에
도 아주 강한 편이다. 또 유자나무는 그 평균 수령이 50년인데 어떤 것
은 200년 된 것도 있다 하니 장수하는 나무이다. 그리하여 유자나무는
때로 태평소와 같은 악기의 재질로 활용되기도 한다. 『당서(唐書)』에는

"귤나무와 유자나무로 만든 것이 더욱 소리가 좋다."라고 기록되어 있다. 또 유자나무에서 피는 꽃은 어떠한가. 초봄에 하얀 꽃을 피우는 이것은 화려하지도 않고 그렇다고 결코 촌스럽지도 않으면서, 그야말로 담박한 아름다움을 지니고 있다. 또 가지는 어떠한가. 곧게 뻗어 있어 절개 높은 스승에 견줄 만하다고 하였다. 그러고 보니, 잎은 잎대로, 가지는 가지대로, 꽃은 꽃대로, 재질은 재질대로 저마다의 칭찬할 만한 점을 지니고 있는 것이 유자나무라 할 수 있다.

남구만이 머물던 남해는 오래전부터 마을마다 유자나무가 숲을 이룰 정도로 많이 있었다고 한다. 그래서 유자를 다양한 방법으로 활용해서 먹었던 것으로 보인다. 특히 유자 껍질을 잘게 썰어서 배와 전복을 함께 넣어 김치를 담갔다는 기록이 눈에 띈다. 남구만의 연작시에는 '양귀비가 여지는 좋아하였지만 유자는 좋아하지 않았다'거나 '유자가 습담을 제거하고 장기(瘴氣)를 이기는데 효과가 있다'는 등의 정보가 들어 있다. 또 유자나무와 관련된 관료들의 수탈도 횡행하였음을 알 수 있다. 유자나무를 소유한 백성들은 관청에 등재를 해야 했으며, 가을철 유자가 익으면 아전들이 나무마다 유자 열매의 숫자를 헤아려서 거두어 갔다. 혹 바람이 불어서 떨어지기라도 하면 아전의 장부에 기록된 숫자에 맞추기 위해 다른 곳에서 유자를 사다가 보태기까지 했다. 백성들은 이런 번거로움과 관청의 수탈을 못 이겨 유자나무에 불을 지르거나 잘라 버리는 일이 많았다. 이 때문에 예전에 비해서 유자나무가 많이 줄어들었다고 하니, 통탄할 일이 아닐 수 없다.

겨울 색, 향, 맛이 아름다운 유자

한국에서는 유자를 생것으로 먹기보다는 유자차를 만들어서 먹는 경우가 많다. 그런데 필자가 있는 계림에서는 대부분 생것으로 먹는다. 한국에서 보는 유자와 달리 크기가 무척 크며 껍질이 두껍다. 그 안에 들어있는 과육은 시면서도 달달하다. 제법 먹을 만하다. 그러나 향은 한국의 유자만 못하다.

과일과 한시 이야기

초판 1쇄 인쇄 | 2018년 12월 20일
초판 1쇄 발행 | 2018년 12월 31일

지은이 | 조영임

발행인 | 한정희
발행처 | 종이와나무
출판신고 | 2015년 12월 21일 제406-2007-000158호
주소 | 경기도 파주시 회동길 445-1 경인빌딩 B동 4층
전화 | 031-955-9300   팩스 | 031-955-9310
홈페이지 | http://www.kyunginp.co.kr

ISBN | 979-11-88293-05-6 03810
값 | 18,000원

종이와나무는 경인문화사의 자매 브랜드입니다.